NHK「着信御礼！ケータイ大喜利」スタジオにて

初代 板尾創路さん江

「着信御礼！ケータイ大喜利」スタジオにて

NHK「着信御礼！ケータイ大喜利」スタジオにて

板尾日記10

板尾創路

リトルモア

目次

二〇一四年

1月

1月1日

10時半頃に起きてママの雑煮と御節を食べてから英美の墓参りに行って、英美も連れていっての家族4人で近所の八幡宮に初詣。ママと俺の今年のおみくじは二人共に仲良く吉だった。その後家に帰ったけどママが帝国ホテルの初売りに行きたいと言ったので、また家族で出掛けた。ポコがベビーカーに乗って寝てたので喫茶店でコーヒーを飲んでから19時頃に家に帰った。夜も沢山ママが作った御節を食べて、22時50分、渋谷NHK入りで「ケータイ大喜利正月スペシャル」生放送。これが今年の俺の仕事初めになった。7年連続で1月1日の夜はこの番組をやっているので、正月気分が一番ハッキリと感じられる体になっている気がする。生放送終了後に恒例の新年の乾杯があり、帰宅したのは2時前だった。この日記も10年目に入った。人の日記を10年読んでる人達が来年は沢山出てくるのだと思うと変な気分だ。

1月2日

11時半、新宿ルミネtheよしもと入りで新喜劇木村班3回公演。普段とやってる内容は変わらないけど、お客さんは初笑いに来ているので、テンションが高く劇場内は熱かった。1回目終わりに木村座長からのお寿司で楽屋にて新年の乾杯をした。ここ何年かは会社の方針で正月でも劇場内の飲酒は禁止になっていて風情が無くなり、俺は酒を飲まないけど寂しい感じがある。18時半頃に帰宅。ママの体調が悪くて、咽が痛いらしい。家族順番に風邪を引いていくな……。

1月3日

今日も11時半、新宿ルミネtheよしもと入りで新喜劇木村班3回公演。1回目終わり、ケンタッキーフライドチキンを買って来てもらい楽屋で皆で食べた。これで正月らしい事は全部終わった気がする。あっと言う間に春になって夏になり、一年間の加速度が年齢と共にどんどんと増してきている。

1月4日

11時頃に起きた。今日は映画『仮面ライダー大戦』(仮) の撮影が無くなり、一日休みになった。ママの風邪の具合がまだ良くないようで、昼前に開いている病院を探して受診してきたようだった。午後から俺はポコをベビーカーに乗せて近所を散歩した。ポコが直ぐに寝てしまったので駅前のカフェでコーヒーを飲んだ。都心はまだまだ正月で、人も車も少なく静かで少し空気もキレイな感じがし、平和という言葉がピッタリだった。

1月5日

8時半、自宅出発でさいたま市緑区の現場に行って、東映柴﨑組『仮面ライダー大戦』(仮) の撮影。俺は今日クランクインした。昨年撮影した映画『あさひるばん』以来久しぶりに雛形あきこに会った。彼女は俺の奥さん役で少しホッとした気分になった。彼女には、人を包み込むお母さんの様な優しいオーラがある。寒い屋外の撮影だったけど、ロケ場所に自宅を貸していただいている家の奥様が昼休憩の時に豆を挽いてホットコーヒーを出して下さり、気遣いがとても嬉しかった。撮影は14時半頃に終わり、俺はめでたく仮面ライダーフィフティーンに変身して、後をスーツアクターの人に任せて帰宅した。50歳の仮面ライダーデビューの一日だった。

1月6日

今日は撮影も無く休みで一日中家に居た。今月の半ば頃から撮影に入るNHK木曜時代劇「銀二貫」の予習をしなければと、参考資料DVDを観た。今まで寒天の事等、興味も考えた事も無かったけど、作業工程等が面白くてDVDを楽しんで観てしまった。日本人の旨い物を食べたいと思う贅沢さと繊細さが窺えた気がする。寒天職人、楽しみな役どころだ。

1月7日

8時5分、自宅出発で幕張の現場に行って映画『仮面ライダー大戦』(仮)の撮影。晴天に恵まれて風も無く、暖かで最高に気持ちいいロケだった。『東京残酷警察』という映画以来数年振りに菅田俊さんに会った。敵役で強面だが、腰が低くて礼儀正しい人だ。撮影は14時頃に終わり、一旦帰宅して仮眠してから夜はKRCの日馬師匠が東京に来られてたので食事会に参加した。師匠の顔を見てたら無性に馬に乗りたくなった。1月は忙しいので、いつになったら初乗り出来るかな……。

1月8日

10時、自宅出発で群馬県の上野村にある東京電力神流川地下発電所のロケ現場に入り、映画『仮面ライダー大戦』（仮）の撮影。どれぐらい深い所に来たのかは分からないけど、携帯の電波も届かないし、地熱のせいか中は暖かくて助かった。17時前に終わって地上に出て山を下りて東京に向かい20時前頃に帰宅した。

1月9日

13時、自宅出発で静岡県下田市の現場に行って映画『仮面ライダー大戦』（仮）の撮影。ロケ場所まで車で4時間掛かり、陽が完全に落ちるのを待ってのナイトシーンで、岬の灯台の下、強風に晒されながら皆で頑張り、撮り切った。妻役の雛形さんは本日を以てオールアップとなった。帰りも車で揺られて4時間掛けて帰宅。今日は車の移動が一番疲れた。22時半自宅着。

1月10日

9時35分、自宅出発でお台場の現場に行って映画『仮面ライダー大戦』（仮）の撮影。

寒波が来ていて、しかも海風で体感温度は可也低かった。モンゴルで買って来たカシミア100％のパッチが暖かくて役に立った。順調に撮影は進み、15時半頃に俺の出演シーンは全て埋まり、本日無事に俺はオールアップとなった。劇中で3回も仮面ライダーフィフティーンに変身出来て楽しかった。16時過ぎに帰宅。来週からは京都松竹だ。

1月11日

15時に予約してた赤坂のクリニックに血液検査の結果を聞きにママとポコと3人で行った。ママは粗《ほぼ》問題は無く、アレルギー体質であるという事と、子宮が将来悪くなる可能性があると診断された。俺は肝臓がいつ癌になってもおかしくない程の数値だと言われた。治療のブロック注射をしてもらい、薬を後日送ってもらう事になった。今病気な訳ではなく、あくまで先手必勝の医療なので、保険は適用されず、金額は高いが俺は価値があると思う。俺は完全に体が資本なので、投資だと思っている。夕食を家で食べて、21時、渋谷宇田川町のルノアール入りで『板尾日記9』の打合せを約一時間行った。その後22時前に渋谷NHKに入り、0時5分から「ケータイ大喜利」の生放送。1時半頃に帰宅。

1月12日

11時頃に起きて御飯を食べてママとポコの面倒を見るのを交代した。14時頃にポコに御飯を食べさせて16時にタクシーが迎えに来るギリギリまで遊んでやった。今日から18日まで仕事で京都に行きっ放しなので、後ろ髪を引かれる感じだ。16時27分発の新幹線に乗り、京都のホテルに着いたのは19時頃だった。仕事は楽しみやけど、6日間ホテルに一人は寂しいもんがある。

1月13日

昨晩は一応0時頃にベッドに入って寝たけど、一時間置きぐらいに目が覚めて寝た気がしなかった。7時頃にホテル近くのパン屋で朝食を買ってきて部屋で食べた。8時5分ホテルに迎えのタクシーで京都松竹撮影所入り。衣裳、メイク、カツラを付けてNHK木曜時代劇「銀二貫」初日のスタジオセット撮影。素晴らしい寒天場のセットがスタジオ内に建てられていて感動した。さすがNHK、いい金の使い方をする。いいセットを有り難う！　と御礼を言いたくなる程だった。リアリティーがあって細部に渡りクオリティーが高かった。現代劇に金を掛けるのは勿体無い気がするけど、時代物は掛ければ掛ける程作品が良くなるので俺は大賛成だ。やっぱり俺は時代物が好きなんだな、と確信した。明日もセットに入るのが今から楽しみだ。

1月14日

10時5分ホテル出発で松竹撮影所に入り、「銀二貫」の、今日はオープンセット撮影が俺は2カットと、昼休憩後にポスター用のスチール撮影があった。今日は初めてレギュラーの俳優部の皆と会った。和助役の津川雅彦さんと少し話が出来て良かった。津川さんは俺の『脱獄王』を毎回誉めて下さって嬉しい限りだ。今日は仕事が早く終わり、東京の自宅の近所にある整骨院の本院がホテルから近いので、東京の先生に予約を取ってもらいリフレッシュしに行った。昨晩は薬の力で無理矢理寝たので今夜は自然にぐっすりと眠りたい……。

1月15日

昨晩は0時前に寝たけど、結局3回ぐらい目が覚めて6時半頃に起きてシャワーを浴びた。朝食にカップの蕎麦とカッパ巻きを食べて、8時5分にホテルから迎えのタクシーに乗った。松竹撮影所で支度をして、ロケ場所の摩気神社に車で一時間程掛けて行った。昼前に俺は2カットを撮って、次はナイトシーンなので夜まで待機となった。衣裳も脱いでカツラも一旦外してもらいスッキリした。お借りしてる神社の社務所が控え室でリラックス出来た。映画やドラマのロケでよく神社の社務所を使わせてもらうけど、神様に守られている様で安心感があり有り難い事だなと毎回思う。寒い寒いナイトの撮影は19時頃に終わり撤収。今日も無事で順調に一日が終わった。今夜こそ深く眠れるかな……。

1月16日

7時半にベッドから出て、近くの「なか卯」に朝定食を食べに行った。やっぱり夜中は何回も目が覚めてしまう。でもまた少ししたら眠れてるのでいいかと思う。9時、松竹撮影所入りで、本日も木曜時代劇「銀二貫」のスタジオ撮影。津川さんの小さなアドバイスが凄い勉強になったけど、今日で同じ出演シーンは撮り終わってしまい残念でならない。でもアドレス交換をさせてもらったので良かった。今日は撮影が一時間程押して松竹を出たのが20時半前だった。お腹ペコペコでホテルの近くにあったラーメン屋に入り、「すき焼きラーメン」という、溶き卵に浸けて食べる少し変わったラーメンを食べた。今日は英美の月命日。ホテルの部屋に帰ったら思い出して、急に家に帰りたくなった。家族に会いたい……。

1月17日

6時頃に目が覚めて、ホテル近くのコンビニに行ってオムライスとカップの味噌汁を買って帰って、ホテルの部屋で食べた。完食して言うのもなんだが、実に無念な朝食だった。8時、松竹撮影所入りで支度をして9時にロケ現場に出発し、10時、魔気神社に到着し撮影準備。この辺で俺はもう既に疲れた。何回やっても時代劇は現代劇の3倍は疲れる。扮装、言葉遣い、所作、江戸時代は疲れる。それだけ昔の人は強かったという事だ。時代劇は贅沢なドラマだ。

1月18日

10時53分、京都発の新幹線で5日振りに東京の自宅に帰れた。ママはまた咽が痛くて体調悪そうだったけど、ポコは元気で二人の顔を見てホッとした。久しぶりに夜は家の御飯を食べられて嬉しかった。20時お台場湾岸スタジオ入りでフジテレビ火9ドラマ「福家警部補の挨拶」第5話「相棒」の衣裳合せ。１３０Ｒコンビでドラマゲスト出演。しかも漫才師のコンビという設定。俺が相方を殺してしまう話で、少しバラエティー寄りの、でも少し切ない物語でこの手のドラマは落とし所が難しいと思われる。最初は１３０Ｒ板尾・ほんこんで出てくれと言われたが、それはさすがに断った。会話劇なので台詞も多いし、大変な事になりそうだ！　台詞を覚える時間がそもそも無い……。衣裳合せ後にそのままフジテレビで2月公開の映画『セブンデイズリポート』舞台挨拶及びプロモーションの打合せをプロデューサー、監督さん自らも同席して行った。フジテレビ制作の作品なので色々とバラエティーっぽい演出がある舞台挨拶となりそうだ。23時、渋谷ＮＨＫ入りで「ケータイ大喜利」の生放送。今日は千原ジュニアがインフルエンザで休みになり、代役でピース又吉が来た。なかなか大変な役目やったけど又吉なりに上手く熟《こな》していたと思う。1時半頃帰宅。久しぶりに自分のベッドで眠れるので楽しみだ。

1月19日

午後の新幹線でママとポコと３人で京都に来た。俺は明日からＮＨＫ「銀二貫」の撮影やけど、24日までは家族で京都に滞在する事にした。京都駅に着いて直ぐに伊勢丹の7階にある子供専用のカットハウスでポコは髪の毛を切って可愛くなった。そしてホテルに向かおうとタクシーに乗ったら運転手さんが宮川大輔のお父さんだった。嬉しい偶然で縁を感じた。京都の美味しい店を教えてもらい、色々と気を遣ってもらった。夜はホテル近くの子供大歓迎の居酒屋に行って３人で御飯を食べた。ここの和食はかなりレベルが高く大満足だった。おばんざい最高！

１月20日

６時ホテル出発で松竹撮影所に入り「銀二貫」の撮影。今日は一日オープンセットでの撮影で、夕方から雨も降ってきて寒さが一段と厳しくなった。現場のスタッフに、東京から持ってきた「舟和」の芋ようかんを差し入れした。京都の人間に和菓子を持っていくのは少し勇気がいったけど、30個のようかんは午前中には全て無くなっていて良かった。本日は雨で撮れなかったシーンが３つ出て、19時半頃に全体が終了した。20時過ぎにホテルに着いた。ママとポコが部屋に居るのは疲れた体には凄く嬉しい。

１月21日

8時に家族全員起床して、二条駅前のコメダ珈琲で朝食を食べてから電車に乗って堺のおじいちゃんおばあちゃんの家に行った。おばあちゃんの弟夫婦も来てくれて、ポコは皆にちやほやされて昼寝もしないで一日中楽しそうだった。東京と大阪で離れているので、孫の顔をなかなか見せてやる事が出来なくて申し訳無く思う。帰りは弟夫婦さんの車で京都まで送ってもらい助かった。普段会えない家族親戚が集まって何気無い時間を過ごすのは、心がポカポカと温かくなる感じで俺にはいい休日になった。明日からまた京都での撮影頑張ろう。

1月22日

9時35分ホテルから迎えのタクシーに乗って松竹撮影所入り。準備をして11時出発でロケ現場の三井寺に入った。ここの現場は炭のガンガンが使えないので凄く寒く、雪もチラチラと舞ってブルブル震えながらのロケとなった。一旦撮影所に戻り夜を待って、20日に雨で撮り零《こぼ》したシーンを撮って本日は終了した。俺の撮影日はあと明日一日を残す所となった。炭というのはホンマにええ仕事するな……。

1月23日

8時に皆で起きてホテル近くにあるカフェ伊右衛門サロンに朝食を食べに行った。そのままママとポコをタクシーで四条の阪急の駅で降ろして、俺は松竹撮影所に11時に入った。今日はスタジオのセット撮影なので順調に進んで、予定通り17時半に松竹を出られた。ホテルに帰ったら大阪のおじいちゃんおばあちゃんが部屋に居て、夜は木屋町の「きた村」という鴨川沿いの店で懐石料理を家族5人で食べた。宮川大輔のお父さんに電話して、店までタクシーで送ってもらった。20時過ぎにじいちゃんばあちゃんを京都駅まで送ってホテルに帰った。タクシーの中でポコは寝てしまい、お風呂も入らずに今日はベッドに入った。明日は東京に帰るけど、もう少し京都に居たい気もするし、家のベッドでゆっくり寝たいので早く帰りたい気持ちもある。

1月24日

11時ホテルをチェックアウトして3人で吉田山荘で昼食を食べて14時6分の新幹線で東京に帰った。ポコはホテルを出る前にロビーと客室の廊下を走り回らせて運動させたのが良かったのか、新幹線に乗った途端に寝てくれたので助かった。一旦帰宅し、俺は荷物を置いて、17時40分、迎えのタクシーで練馬大泉の東映に入り『仮面ライダー大戦』（仮）のアフレコを約2時間やり、公式パンフレット用取材を30分程やって仕事は終わった。家族全員が病気やケガをする事も無く無事に京都から帰って来られたのが一番良かったし、一番のお土産だった。

1月25日

10時50分、幕張のイオンシネマ入りで映画『セブンデイズリポート』の特別上映会。近藤監督、白濱亜嵐、山下リオさん等と舞台挨拶で登壇した。その後フジテレビ湾岸スタジオに行って「ホンマでっか!?ＴＶ」に亜嵐と二人でゲスト出演した。18時27分、品川発の新幹線で京都に行って、21時40分からＴ・ジョイ京都で同じく舞台挨拶をした。22時50分、京都発の新幹線で新大阪に行って、北区堂島のホテルにチェックインした。今夜は大阪泊まりで、明日また朝から心斎橋で舞台挨拶だ。今日は一日映画『セブンデイズリポート』に身を捧げた。ヒットすればええな。

1月26日

8時40分ホテルロビー集合でシネマート心斎橋にスタッフさんと共に移動して、10時から映画『セブンデイズリポート』の舞台挨拶をした。11時からも上映前のお客さんに舞台挨拶をした。その後皆は茨木の映画館に向かったが、俺はここまででホテルに戻り、休憩と仮眠をして、15時、朝日放送入りで「ＡＢＣお笑いグランプリ」の生放送の審査員を今年もやらせてもらった。天竺鼠が優勝して幕を閉じた。一発勝負の舞台は、やりながら舞台上で客との呼吸を上手く合わせる事の出来る奴が強かったりするものだ。食堂で軽く打上げがあり、挨拶が一通り終わった所で伊丹に向かい、22時20分発の飛行機で東京に帰った。バタバタしてた日程もやっと落ち着いて、フジのドラマまでは少し小休止だ。でも台詞を入れないと……。

1月27日

11時頃に起きて飯を食ってから表参道に髪を切りに行った。あんまり伸びてなかったけど、次のドラマ「福家警部補の挨拶」に気持ちを切り替える意味でスッキリした。16時半過ぎに新宿髙島屋でママと待合せをして、地下食料品フロアーで少し買い物をして「たいめいけん」でオムライスを食べた。その後ポコを保育園に2人で迎えに行って、3人で帰宅した。夕食は京都で買って来た豆腐で湯豆腐をして食べた。豆腐にしては値段が高かったけど、美味しくて、ポコもいっぱい食べて幸せだった。

1月28日

昼御飯を食べてからポコを歯医者に連れていった。下の前歯に少し歯石が残っていたけど、大旨良好で次は3ヶ月後にフッ素を塗りに来て下さいと言われた。いつもの様に大泣きしたけど、最後に看護師さんにパンダの消しゴムを貰ってニッコリしていて可愛らしかった。15時から神保町のクリニックで魚の目の治療と高濃度ビタミン点滴を打った。ビタミンB12を追加で入れてもらい、35分程掛けてゆっくりと体に入れてもらった。明日はフジのドラマの初日だが、台詞が全く頭に入ってない……。じたばたしても仕方無い。明日は上手くいくイメージと最悪になるイメージを両方しておけば大丈夫。物事はそんなもんだ。

1月29日

6時55分、自宅出発で浅草木馬亭に入り、フジテレビ連ドラ「福家警部補の挨拶」第5

話「相棒」クランクイン。ほんこんさんと共に漫才コンビ役でゲスト出演。木馬亭の舞台でエキストラさんを前に、今日は３本のネタを撮影した。他人の書いた台本やし、ボケとツッコミが普段と逆なので、可也遣りにくかったけど、なんとか遣り遂げた。所属事務所の社長役が笑福亭鶴光師匠なのが、個人的に凄く嬉しかった。「オールナイトニッポン」土曜日は俺の青春であり、そのＤＪの鶴光師匠はヒーローだった。撮影は予定時間より３時間半も早く終わり、佐藤組の判断と段取りの良さを「家族ゲーム」に続き感じた。18時前に帰宅したら大阪の同級生の佐野洋二から苺と数々の京野菜が届いていて嬉しかった。今日は大変な一日やったけど、充実した良い日で幸せだった。

１月30日

13時、門前仲町のスタジオ入りで「ワープマガジン」タイアップ企画ＡＢＣマート取り扱い６ブランドクラシックランニングシューズのモデル撮影。笑顔もいらない、体一つとその佇まいを現場に持っていけば成立する仕事だった。スタッフも良くて、プロの集まりで無駄な事をしないし、スタジオ入りしてから外は雨になって屋内は少し肌寒い感じで居心地が良かった。ふと気が付けばタバコを一ヶ月吸ってない。別に禁煙した訳じゃない。

またいつの日かプカプカと吸ってやろうと思う。禁煙とは何を境に成功とするかが分からないので、使いたくない言葉に今はなっている。体に悪い事は楽しくて心地良い。悪い事をすると良い事が何かがよく分かるので勉強になる。悪に染まらない程度に悪い事をしよう。悲しい事も打ち拉《ひし》がれない程度は経験したい。その方が気持ちが豊かだ。

1月31日

11時頃に起きたら家に誰も居なくて、自分で蕎麦を茹でて食べた。食後にバームクーヘン。天気が良かったので、買い物がてら少し散歩してスタバでコーヒーを飲みながら台詞の勉強をした。野菜ジュースと有機のバナナを買ったので重い帰り道になった。17時半、辰巳のＷＯＷＯＷ入りで「金曜カーソル」の、今夜は生放送。その前に吉本興業の劇場担当者が二人来て、大阪ＮＧＫ以外の劇場のギャラが４月から全員10％下がります、という報告を聞いた。消費税でも８％やのに10％下がるとはさすが吉本らしくておもろい会社やなと数年振りに思った。22時半過ぎに帰宅。夜食にまた蕎麦を食べた。

2月

2月1日

今日は午後から一年振りに歯医者に行って、歯石やらタバコのヤニやらをキレイにクリーニングしてもらい、口の中がスッキリと軽くなった。今日はＮＨＫの「ケータイ大喜利」が夜にあるだけで、休みといえば休みな感じで一日落ち着かない変な感じで過ごした。1時半頃にＮＨＫから帰宅。明日からまた一週間はドラマ撮影の日々だ。体調を崩さない様に気を付けよう。

2月2日

9時40分、自宅出発で江東区青海の現場に入り、フジテレビ連ドラ「福家警部補の挨拶」第5話の撮影。主演の檀れいさんとＷＯＷＯＷの「プラチナタウン」以来に会った。今回は事件モノの主演という事で台詞も多く大変そうだった。一方、現場のおじさん達は彼女の凛とした可愛さに癒されながらハードな撮影を熟《こな》していた。今日はママに手作り弁当を持たせてもらったので心強くて有り難かった。撮影は20時半頃に終わり、21時に帰宅した。明日は今日より出発が早いのでさっさと寝よう。予習は全然出来てないけど……。

2月3日

7時40分、自宅出発の筈がマネージャーが何の理由か分からず来なくて10分遅れてタクシーで一人出発。その運転手も残念な人で、カーナビと地図があるのに目的地になかなか着けず、入り時間に15分遅れた。でも前のシーンに時間が掛かっていて、支度が出来ても一時間半程待たされた。それでも結果、予定終了時間より一時間早く終わったので、ホンマはアカンけどまあいいかという感じで一日が終わった。今日は現場で久しぶりに柄本時生に会えて嬉しかった。今日は嫌な事を良い事が食べてくれ、良い事だけになった幸せな日だった。

2月4日

5時55分、自宅出発で三郷の現場入りでフジテレビ火9ドラマ「福家警部補の挨拶」の撮影。今日は檀れいさんと俺とマネージャー役の福田転球さんとの3人のシーンのまとめ撮りの一日。朝から冷たい雨がパラパラしてて、夕方前からは本格的な雪に変わった。15時半頃に撮影は終わり帰宅。都内も雪が降っていて今夜は少し積もりそうだ。明日のロケは大丈夫だろうか？

2月5日

本日も5時55分、自宅出発で三郷の現場に入りCX佐藤組ドラマ「福家警部補の挨拶」の撮影。早朝から第5話のラストシーンを撮った。檀さんは台詞が多くて寒くて口が回りづらくて大変そうだった。午後から深夜に掛けては、相方を二階から突き落とし殺害するシーン。雨降らし、ワイヤー、照明と3台のクレーン車を使っての大掛かりな撮影となった。本日で俺達130Rは無事にオールアップとなった。短い間だったけど楽しい現場だった。チーム130Rとしては思い出に残るいい仕事となった。キャスティングしてくれた人達に感謝したい。

2月6日

今日はドラマの予備日だったが、昨日終わったので休みになり一息つけた。朝はポコと一緒に起きて、ミルクを飲ませて着替えさせて二人で散歩に行った。梅のピンクの花が満開の公園でポコを遊ばせて少し買い物をして帰った。最近のポコはお喋りも上手くなったし、歌も歌うしダンスも踊る様になってますます可愛くなってきた。その分甘やかしてしまう。教育していかないとダメだが、いっそおじいちゃんになっていつまでも甘やかして遊んでいたい気持ちだ。

2月7日

今日は昼にママとポコと3人で近所の蕎麦屋に行って辛味おろし蕎麦の大盛りを食べた。その後ママとポコは銀行に行って俺は仕事。15時、銀座の東映入りで映画『平成ライダー対昭和ライダー 仮面ライダー大戦 feat．スーパー戦隊』のプロモーションで「テレビタロウ」のインタビューと撮影。その後「FQ JAPAN」という男性向け育児雑誌のインタビューと撮影。これは『板尾日記9』のプロモーションだ。明日は関東地方に10年に一度の大雪の予報。映画の初日やのに大丈夫かな？

2月8日

10時45分、自宅出発でイオンシネマ板橋を皮切りに映画『セブンデイズリポート』の初日舞台挨拶を、むさし村山、つきみ野、港北と4箇所回った。東京地方は戦後3番目の大雪で、大変な移動となり、つきみ野は50分、港北は40分もお客さんを待たせてしまった。帰りに移動に使っていたマイクロバスのチェーンがタイヤに絡まって止まってしまい、タクシーで港北から自宅に帰った。一生の思い出に残る初日舞台挨拶となった。白濱亜嵐、正に白い嵐の男だった。凄い……。

2月9日

6時10分、自宅出発で東京駅に行って、新幹線で新潟へ向かった。今日も昨日に続いて映画『セブンデイズリポート』の公開舞台挨拶。午前中にイオンシネマ新潟西に行って、午後は大宮のイオンシネマ。そして夜は宮城県の名取で舞台挨拶をした。映画の公開でこんなに稼働したのは初めてで、体力的にはキツかったけど、お客さんも大雪の中、沢山来てくれたし、イオンシネマの人達にも歓迎してもらい、御世話になって感動と充実を得られて、映画人として幸せな二日間だった。あとは映画がヒットする事を祈るだけだ。東京に帰る車内で食べた牛タン弁当は旨かった。仙台駅でママにずんだ餅のお土産を買った。

0時前に帰宅。

2月10日

6時、品川発の新幹線で京都に行き、松竹撮影所に8時45分に入った。NHK時代劇「銀二貫」オープンセットでの撮影。午前中に終わり、俺は一足先にオールアップとなった。その後マスコミ向けの取材会が一時間程あり、全ての仕事が終わった。久しぶりの時代劇は得る物が多くて仕事を受けて良かったと思った。そしてこの仕事を俺に繋いでくれた尾中さんに感謝したいと思う。18時半過ぎに帰宅。明日は一日休みだ。

2月11日

今日は一日中休みで家族でのんびりやったけど、ポコが風邪みたいで散歩に連れていってやれなかったのが可哀相だった。夕方にマンションのロビーで少し遊ばせてやったら楽しそうに走り回って可愛かった。夜は一旦寝たけど、咳が出て眠いのに眠れない状態で可哀相だったので咳止めの薬を飲ませた。出来るだけ薬は使いたくないが、寝ないと体力が落ちるので咳止めだけは致し方ない。明日は様子を見て病院に連れていこうと思う。

2月12日

今日も休みになって、午後から一人で散歩した。冬は体が温まって気持ちいい。散歩は夏より冬に限る。フラッと立ち寄った本屋に『トムとジェリー』のＤＶＤが売っていたのでポコに買って帰って見せたら、真剣に喰い入る様にモニターに釘付けだった。風邪も熱は無いみたいだし、食欲もあるし便も問題無いが、咳が出るのが見てて辛そうで可哀相だ。今夜も咳止めだけ飲ませて寝かせた。明日は少しでも良くなっていますように。

2月13日

昨晩も咳が出てポコは寝たくても起きてしまう感じで不憫で仕方無かった。昼も少し御飯を残したし、やっぱり病院に連れていった方がいいのか迷う。強い薬を飲ますのも嫌やし……。機嫌良くしているのが救いだ。勝てる病気なら自分の力で戦って勝利して欲しい。そうでないとまたその病気は襲い掛かってくる。でもどうしても勝てない時はママとパパがいくらでもお金と時間をポコに掛けてやるつもりだ。

2月14日

またも東京は雪が降って楽しい感じもするけど、実際大人は困る事の方が多い。「キネマ旬報」の取材も、ライターさんが帰宅出来なくなる可能性があるので中止になった。23時半、新宿ルミネｔｈｅよしもと入りで木村班新喜劇新作の稽古。４時頃に帰宅。ポコはスヤスヤと寝てたけど、まだまだ咳が酷いのでママが病院に連れていったみたい。早く元気になって一緒に散歩に行きたい。

2月15日

11時、新宿ルミネｔｈｅよしもと入りで新喜劇木村班初日。朝からタクシーが捕まらず、マネージャーが品川駅で拾って自宅まで引っ張ってきて、なんとか本番前の本読みに間に合った。舞台の合間に酸素カプセルに入りに行こうと思ったけど、その前に青井先生に効果をメールで問い合わせたら「使用の仕方では発癌するし、遮断もします」と返って来たので行くのを止めた。３回公演が18時頃に終わり帰宅。昨晩は４時間睡眠なので今日は早く寝たい。ポコは少し体調が良くなったみたいで可愛い。

2月16日

11時半、新宿ルミネtheよしもと入りで新喜劇木村班3回公演。舞台の初日も無事に終わり、仕事的には落ち着いた感じで、次は4月の明治座の舞台だ。3月から稽古だが、フジの月9ドラマや映画も一本オファーがあり、両方は出来ないのでどちらかは断らないといけない感じだ。6月の新国立劇場の舞台は、舞台が続いてしまうので、有り難い話だが断った。新国立の楽屋と廊下は、英美が来て走り回ってた思い出があって少し辛いのもある。今年は板尾組映画の準備もあるし、仕事を選んで、捨てるものは捨てていかなければならない。今日は英美の月命日。最近はお墓参りに行けなくて英美は寂しがってるかな？　それとも怒ってるかな？　思えばなんか満たされてないのはこれのせいかな？

2月17日

15時半、新宿ルミネtheよしもと入りで木村班新喜劇3日目。本日は平日なので1回公演。芝居の中身は粗固《ほぼ》まってきた感じ。舞台で芝居を作るという事は、実際客前でやってみて反応を感じながら、この台詞のフリでいいのかとか、予期しなかった部分がウケて、それを今後どう生かしていくのかとか、お客さんに教えてもらい作っていく部分もあるので、最初の頃に良い客の前でやるという事も、いい舞台が出来る要素の一つだと俺は思う。そういう意味で、今日のお客さんは良い客だったように思った。終演後はビックロに行って、実家の炊飯器が壊れたとオカンからメールが来たので買って送った。序《つい》でにオトンとオカンに色違いのユニクロのマイクロダウンも送った。家に帰ったら青井先生から薬が届いていた。今週末にまた治療に行かなければ……。ポコは大分良くなり、昼間はおばあちゃんと散歩も行ったし、お風呂にも入ったみたいで安心した。

2月18日

本日仕事は休みで、日中は家に居て、明治座の舞台『きりきり舞い』の台本を読む等の準備。奇人・葛飾北斎を作り籠《こ》んでいくのはなかなか面白そうで、ワクワクしてきた。尾中さんから連絡があり、フジの月9ドラマは明治座との掛け持ちで粗《ほぼ》スケジュールが成立しそうなので、やりましょうという事になった。あと、鉄拳原作の映画『振り子』も明治座の稽古が始まる前なのでやる事にした。3つの作品が上手くパズルの様にはまって、縁と運のようなものを今回は感じた。でもまあ、体力的にはキツイとは思うけど……。夜は久しぶりにママとポコと3人で近所の、前から一度行ってみたかった雰囲気のいいイタリアンレストランで御飯を食べた。子供OKなのが信じられないぐらい高級店っぽいのだが、安くて旨くて、ポコはデザートまで寝ててくれたし最高だった。帰宅して、ママはここ何日かのポコの看病疲れで早く寝てしまったので、ポコと風呂に入っておやすみのミルクを飲ませて寝かし付けた。今日がいい日だったのは、また後日分かるんだろうなと思う。

2月19日

9時半、新宿の衣裳会社入りで、映画『振り子』の衣裳合せ。俺が朝の一番手で、この映画の最初の衣装合せの役者だった。俺の時間があまり無くてバタバタとしてしまい、監督には申し訳無かった。その後、羽田から飛行機で伊丹に行って、なんばグランド花月入りで14時からKTV「マチカドラマ」という深夜番組の打合せを一時間程行って、15時から「久馬歩編集月刊コント別冊グランド号」の本読みと立ち稽古と舞台通し稽古をして、19時から本番。今回は130Rコンビ揃っての出演で楽しく出来た。でも吉本の芸人はろくに稽古せずによく堂々と舞台に立ち、公演を成立させられるな、と我ながら毎回感心させられる。後輩達と一つの舞台を作り、大阪の笑いの聖地NGKの舞台に立てる事を、自分の中でもっと咀嚼して喜ばないといけないのかもしれない。大阪泊。

2月20日

3時半頃まで寝付けず8時頃に目が覚めた。腹が減ったのでホテル近くのうどん屋で朝定食を食べて、再び11時半頃まで寝た。13時、伊丹発の飛行機で帰京し、真っ直ぐ帰宅。2、3日前から何もしてないのに左肘が痛くて、何をするにも不自由で鬱陶しい。小悪魔にでも取り憑かれた気分だ。プロの左ピッチャーでなかったので良かったと思う事にした。『板尾日記9』の酒井若菜の写真が凄くいい。彼女は完全にカメラは素人なのだが、評判もいい。カメラのプロって何なんだと思ってしまう。正解の無い仕事。表現は面白い。

2月21日

今朝起きても相変わらず左肘が痛い。原因が分からぬ病気や怪我は不安なもので、イタズラ無言電話の被害に毎日遭ってる様で少しの恐怖感もある。16時15分WOWOW辰巳放送センター入りで、20時から「金曜カーソル」の生放送。その前に楽屋でキネマ旬報「板尾プロット」の取材を二時間程行った。この連載も初監督の時の年まで進んで来て、そろそろ終わりが近づいて来た様だ。生放送は22時に終わり、23時過ぎに帰宅。

2月22日

10時半、北千住シアター1010入りで西川きよし芸能生活50周年記念公演「コメディ水戸黄門」昼の部にゲスト出演した。公私共に御世話になってる師匠に仕事として、しかもゲストで目出度い舞台に出してもらい感謝感激であった。『隠蔽捜査』の舞台で立った懐かしい劇場で、色々と思い出した。その後、近くのカラオケボックスで「私の恩人」というウェブサイトの取材を『板尾日記9』のプロモーションを兼ねて30分程受けた。俺の恩人は、芸能界に招き入れてもらった島田紳助さんだ。早く取材が終わったので、約束より一時間早く赤坂のクリニックに行って、ブロック注射と、今日は新しくノンケミカルの生ビタミン点滴を打ってもらった。高額やけどスゥーと体に入って来る感じで、効果が期待出来そうだ。生物を食べない様に注意された。今の俺は、菌やウイルスで肝臓がやられてしまう程、肝機能が低下しているらしい。極力肝臓に負担を掛けない様に生活していかなければならない。

2月23日

ママが明日から手術入院するので、ポコがママの両親の所に預けられていった。ポコは何も知らず無邪気で今日も可愛かった。英美の事があったので、ママの両親もポコが英美の歳を超えるまで預かるのが怖かったみたいやけど、今回は仕方無かったので、無理をお願いした。ポコが段々と英美の生きた年齢に近付いてくる。ポコが英美に似てくる。嬉しい反面ドキドキして怖い。

2月24日

昼前に表参道の病院にママを送っていった。タクシーに乗って、自宅を出て直ぐにママがポコを家に置き忘れた様な気になって変な感じだと言った。思えばママはポコを置いて家を空けた事など初めてで、そう思っても不思議ではない。入院の手続きをして、少し必要な買い出しをして、俺は14時頃に病院を後にした。病院にママを一人残すのは切なくて、後ろ髪を引かれる感じだった。帰宅して泊まりの用意をして17時発の飛行機で大阪に前乗りをした。ポコはママの実家で、ママは病院、俺は大阪、名古屋と3日間出張。家に誰も居なくて家族がバラバラになった様な気がして胸が痛い。早くもポコに会いたい……。

2月25日

8時45分、関西テレビ入りで「マチカドラマ」のロケ。待ち時間に楽屋で、3月に収録する同局のバラエティー「DARE?」(仮)の打合せを少し行った。ロケはドラマとバラエティーの中間くらいの作りで、照明による演出が多く、セッティングに時間が掛かった。上手く行けばマニアックだが面白い番組になりそうで期待出来る。メールでママが手術は夕方からで、麻酔が覚めたらメールすると言っていたけど、深夜になってもメールが来ないので心配だ。何かあれば病院から俺に電話がある筈なので、大丈夫だとは思うがやはり心配で、悪い方向の事ばかり考えてしまう。撮影は押して押して、3時15分頃に全編終了。ヘトヘトでホテルに帰った。明日は朝から名古屋に行かなければならない。起きられるか心配だし、ママの事も気になって仕方無い。

2月26日

8時に起床して携帯を見たらママからメールが来ててホッとした。麻酔で眠っていて、深夜に目が覚めたらしい。でも、甲状腺腫の手術は上手く行き、元気そうで良かった。でも、明日は仕事が入り、面会に行けなくなり残念だ。問題無く終わったので良しとせねばと思う。昨晩風呂も入らず寝たので、シャワーを浴びてホテルをチェックアウトし、タクシーで新大阪に行って名古屋まで新幹線。今日は東海テレビ「西川きよしのご縁です！」の最終回スペシャルの収録だった。こんな大事な日に寝過ごしてはいけないと思い、４時間弱の睡眠だったけどいつもより緊張して眠りが浅かった。本日のゲストは梅沢富美男さん、オール阪神師匠、村上ショージさん、峰竜太さん、島崎和歌子さんと番組に縁のある豪華なゲストで、スペシャルに相応しい賑やかさと面白さがあった。10年も続いた立派な番組で、俺も最初の１００回まではレギュラーをしており、大変御世話になった思い出の沢山ある番組だった。西川きよし師匠にしか出来ない、人情に溢れた番組だったと思う。そしきよし師匠、そしてスタッフの皆様、10年間、４０１回の放送大変お疲れ様でした。そして視聴者の皆様有り難うございました。

2月27日

11時42分、名古屋発の新幹線で帰京し、誰も居ない家に帰宅。荷物を置いてママの病院へ行った。紀ノ国屋で大阪寿司とナチュラルハウスでプリン、スタバでラテを買った。全部ママの好きな物。病室に行ったらママがちょっとしたサロンの椅子に座って待っててくれた。首に切り裂きジャックにやられた様な傷があって痛々しかった。でも元気な顔を見て安心した。預けているおばあちゃんによると、ポコは少し寂しそうにしてるとの事。そんな話を聞くと今すぐに会いに行きたくなった。16時、病院を出て新宿よしもと本部に入り、ＷＯＷＯＷの特番の打合せと『板尾日記９』のプロモーション取材を二件と、書店さん用に本１００冊にサインをした。その後ＴＢＳに入って20時からＴＢＳラジオ「森本千絵のエリンギとイベリコブタ」に生出演。彼女とは一昨年のクリスマス以来で楽しくラジオで喋れたし、日記の宣伝もさせてもらい、いい仕事が出来た。番組が終わってから森本千絵さんや日記編集の松本さん、番組ディレクターさん達と三宿まで中華料理を食べに行った。そこで森本さんが入籍してた事を知った。旦那は松竹にお勤めで山田洋次監督の書生さんだった人と聞かされて、へえ～という感じになった。森本さんおめでとうございます。幸せになってください。０時半頃に真っ暗で時計の秒針の音が大きくカチカチ聞こえる家に帰った。

２月28日

11時頃に目が覚めて久しぶりにぐっすりと寝た感じがあった。夕方まで次のドラマの原作マンガ「極悪がんぼ」を読んだ。「ナニワ金融道」を思い出した。16時半、品川のルノアール入りで板尾組新企画映画『キッドアイラック！』の打合せをプロデューサーの奥山さんと一時間程行った。いい脚本でキャスティングが上手く行けば素晴らしい映画になると奥山さんに言ってもらい、自信がついた。その後18時お台場フジテレビ湾岸スタジオ入りで4月からの月曜9時の連ドラ「極悪がんぼ」の衣裳合せ。チーフ演出は河毛さんで「救命病棟24時」以来で嬉しかった。19時半に帰宅し、明後日から撮影に合流する竹永典弘組映画『振り子』の台本を一人で読む等をしての準備。明日は仕事もヘビーだし、ママも退院してくるし早く寝ようと思う。ポコが風邪引いてないか少し心配だ。早く会いたい。

3月

3月1日

11時半、新宿ルミネtheよしもと入りで新喜劇木村班3回公演。今日は1回目終わりと2回目の終わりの合間に『板尾日記9』のサイン会をルミネtheよしもとの劇場ロビーで行った。毎年の事だけど、日記を書いてて良かったなと思う日だ。1回目の最後尾に梅佳代が並んでくれて、前に家に遊びに来た時に撮ってくれた写真をアルバムにしてくれた。いつも有り難う。3回目終わりに楽屋にてNTV「ガキの使い」の打合せを一時間程行い、20時半入りで辰巳のWOWOWに行って「春のエンタメ満開まつり」で千原ジュニアとなんとなくトークして、飛び出しで渋谷NHKに入り「ケータイ大喜利」の生放送。今日は仕事の流れというか、効率が良くて沢山の事を消化吸収出来た。1時半頃に帰宅したらママが居てホッとした。明日はポコも帰って来るので、3人で過ごしたいもんだ。ポコの夜泣き、ママのイビキはうるさいけど、やっぱり3人で寝るのが安心出来て一番だと思う。

3月2日

11時半、新宿ルミネｔｈｅよしもと入りで今日も新喜劇木村班3回公演。18時前に終わり、19時、高円寺の現場入りで竹永組映画『振り子』の撮影。俺は3日間の撮影で、今日が初日。現場には中村獅童、小西真奈美、武田鉄矢さんと錚々《そうそう》たる役者が居た。鉄拳原作のパラパラ漫画に人が集まった感じだ。実写化する事によって、吉と出るか凶と出るか、そんな思いで参加してる人は多いと思う。人の演技を見ていて思ったけど、あの人は上手いのか下手なのか分からない、と思われるのが一番いいんじゃないかと思う。一番駄目なのは、あの人断トツで芝居が上手いよね、と思われる事だと思う。

3月3日

12時、東映東京撮影所入りで「エンタミクス」と「THE仮面ライダー」という雑誌の取材と「烈車戦隊トッキュウジャー・仮面ライダー鎧武春休みスペシャル」(仮)のアフレコ。仮面ライダーフィフティーンが、映画の繋がりもあり出演したので、声を当てる事になった。ラストシーンのフィフティーンは少しカッコ良かった気がする。その後16時5分開演でルミネｔｈｅよしもと新喜劇木村班の、本日は平日なので1回公演。そして、早かったけど今日で千穐楽となった。4月からルミネの新喜劇は無くなり、30分程のコメディーに演《だ》し物が変わる事になった。4月、5月は無理だけど、6月頃からまた板尾班で出番をお願いしたいと劇場側から言われた。18時、世田谷TMC入りで関西テレビ特番「DARE?」の収録。壁の向こうの芸能人をお互い質問だけで当てるという、ありそうで無かった企画。段取りが悪くて収録は長引いたけど、やってて楽しかった。関テレさん頑張ったと思う。0時過ぎに帰宅。ポコがベッドで寝てた。明日の朝、久しぶりに顔を合わすのが嬉しいけど少し恥ずかしい。

3月4日

早起きのポコに朝から何回も起こされて完全に睡眠不足。10時半頃にベッドから出た。久しぶりに会う我が娘は泣き声も笑い声も仕草も全部可愛かったけど、少し切なくもあった。英美は、おばあちゃんの所に行って帰って来て俺が会った時には既に冷たくなっていた。そんな事を今朝は思い出しながらお線香を上げた。12時、荒川区のアルファースタジオ入りで竹永組『振り子』の撮影。2シーンのみで俺は予定より早く終わり、一旦帰宅し仮眠して17時半お台場フジテレビ入り。KTV「R-1ぐらんぷり」決勝の生放送。笑いの審査に基準も正解も無い。ただただ面白い奴の勝ちだ。やまもとまさみ君おめでとうございます。俺の中で裏のチャンピオンは中山女子短期大学だった。

3月5日

8時半、荒川区の現場入りで竹永組『振り子』の撮影。冷たい雨が降り、スケジュールを変更する事も出来ない事情が恨めしい現場となった。今日は原作者である鉄拳が通行人役で出演した。本人は映画になる事に凄く感謝している様で、現場の皆にその意を表していた。主人公を支える大切な役どころの武田鉄矢さんが、クライマックスの重要なシーンに他の仕事が入っていて出られないという最悪な事態が起きていた。なんなんだ、この自主映画的なノリは……。誰が悪いんだ！　全く以てテンションもモチベーションも下がる。作品の質が下がるので、俳優部としては顔と名前が出る以上制作サイドにきっちりと解決して欲しい。撮影は押しに押して、全カット撮り終えたのは3時15分頃になり、俺は全編オールアップとなった。5時半前にやっと帰宅し、長い一日がヘトヘトになって終わった。

3月6日

13時、明治座森下スタジオ入りで舞台『きりきり舞い』稽古初日の顔合せと本読みを行った。篠井英介さんに久しぶりにお会いした。席が隣で、英美のお悔やみを御丁寧に頂いて胸が熱くなった。16時過ぎに終わり一旦帰宅して、少し時間があったので近所の病院でB型肝炎ワクチンの3回目の注射を打った。その後19時、青海のスタジオ入りでフジテレビ月9ドラマ「極悪がんぼ」のポスター撮影を一時間程行って今日の仕事は全部終了した。昨日の疲れが残っているけど、映画が終わってホッとした。今日からは舞台とドラマの両立を上手く熟《こな》していける様に頑張っていこうと思う。

3月7日

13時、森下の明治座スタジオ入りで舞台『きりきり舞い』の稽古二日目。長い芝居で台本も厚いので、本日も本読みを行った。篠井さんの声を聞くと昔共演させてもらった『狐狸狐狸ばなし』の舞台を思い出してしまう。再演までやったので思い出が多い。17時頃に稽古は終わり、18時から銀座の鮨屋で役者の内田譲の誕生会があり、KRCで御世話になっている今井さんや矢部太郎、増本庄一郎などと渋谷の二次会を含め3時までくだらないけど価値のある話で盛り上がった。帰宅して風呂から上がったらポコが夜泣きして目が覚めてしまった様で、ミルクを飲ませたり遊んでやったりして、寝かし付けるのに6時半頃まで掛かった。朝から大変やったけど、可愛過ぎて何でも許してしまう。

3月8日

13時頃に目が覚めて、30分後にベッドから出た。ママもポコも居なくて家の中は静かで寒かった。御飯を食べてコーヒーを飲んで、何をするでもなくテレビを観るでもなく過ごした。17時にタクシーで出発して、幡ヶ谷の現場に入り、TBS「アカデミーナイト」の収録。映画『クローズEXPLODE』の魅力をプレゼンするという立場でゲスト出演。陣内智則とバイキング小峠と3人で映画にまつわるトークを楽しく行った。その後新宿よしもと本部に移動して、NHKのドラマ「銀二貫」の公式ガイドブックの取材と「フィギュア王」という雑誌の取材を続けて受けた。23時、渋谷NHK入りで「ケータイ大喜利」の生放送。1時半頃に帰宅。昨日のポコの夜泣きの疲れが残っている様で体が重い。今夜はスヤスヤと寝てくれますように。

3月9日

今日はなんとなく休みになった。多分、ここ何十年は仕事を忘れて休んだ事は一日も無いと思う。常に３つ４つは何かが起ち上がってて複数の電源を入れている状態の様な気がする。午後からキャンセル待ちが出たので表参道に髪を切りに行った。いい感じの椅子に座れるカフェがあったので、台詞を覚えるのに二時間程居た。壁に掛かってる絵が傾いてるのが気になって仕方無い二時間でもあった。俺に超能力があればと何度も思った。オカンと電話で喋ったら、オヤジが大腸癌と診断された様だ。80歳を過ぎてるので、今直ぐに入院手術とかは無いみたいやけど、離れて暮らしているし、口数の少ない人なので心配だ。

3月10日

15時、明治座スタジオ入りで舞台『きりきり舞い』の稽古。今日の稽古場面の台詞は入れて来たので、台本を持たずに立ち稽古が出来て効率が良かったし、なんと言っても自由で楽しかった。休憩を挟んで踊りの稽古があり、相変わらずリズム感の無い自分と鏡越しに会った。19時頃に終わり日本橋髙島屋に行って、ママに頼まれた、弁当に入れる塩鮭と卵を買って帰った。

3月11日

東日本大震災から3年が経った。3年間いい仕事が出来たかな？　みんなを楽しませる事を沢山やれたかな？　俺一人でやれる事は高が知れているが、手を抜かず、自分がまず楽しむ事を忘れない様にして、皆の心に沁み込んでいけば本望である。変わらないものを大切にして、変わっていくものに学んで明日からも生きていきたいもんだ。

3月12日

16時45分、新宿バルト9入りで映画『仮面ライダー大戦』完成披露試写会に出席し、マスコミ用の画作りと毎日新聞の取材を単独で受けた。1号ライダーの藤岡弘、さんに映画の台本にサインをしていただき、大切な宝物が一つ出来た。Xライダーの速水亮さんは「笑ってはいけない」シリーズで「板尾創路のブラックジャック！」とナレーションをやってもらっているし、ライダーマンを演じていた山口暁さんは、俺がリメイクで主演させてもらった『電人ザボーガー』もやられていて、今回は特に強く縁を感じた。亡くなられた山口さんが俺を繋いでくれたのかなと思う。完成した映画も今日観る事が出来て豪華さに圧倒された。前売りも圧倒的に大人に売れているらしく、このお祭り映画はどこまでヒットするか今から楽しみである。

3月13日

15時半、明治座森下スタジオ入りで舞台『きりきり舞い』の稽古。毎日場面ごとに抜きで稽古をしていて、入り時間も皆バラバラで効率良く進んでいるが、今日は前の場面の稽古に時間が掛かって、最後の俺が出ている場面は本日やらない事になった。本番用のカツラが出来上がって実際に頭に乗せてもらったが、問題は無く、さすがに合わせて作ってもらうとピッタリフィットでいい感じだった。稽古用の草履も舞台監督さんから頂いて恐縮だった。17時半頃から20時まで振付の稽古をやったけど、先に進めば進む程に俺は零れていく感じがあって情け無かった。20時半、南麻布の制作会社入りでフジテレビ「THE VERY BEST ON AIR of ダウンタウンのごっつええ感じ」というDVD発売PR番組のコメント撮りと枠撮りを東野幸治と二人で収録した。東野と二人で仕事するのは記憶に無い程に久しぶりだと思う。収録後に「クイック・ジャパン」という雑誌のインタビューも二人で受け、全て終わったのが22時半頃で、23時頃に帰宅した。ここ何日か東京は花粉が凄く飛んでいて、マスクとメガネが欠かせない。ママは目が真っ赤で見ていて可哀相になってくる。早くスギ花粉の無い沖縄に連れていってあげたい。

3月14日

14時、明治座森下スタジオ入りで舞台『きりきり舞い』の稽古。今日は殆《ほと》どの人が休みで、田中麗奈と二人で第二幕第九場の立ち稽古を一時間強程行って、本日の俺の稽古は終わった。一旦帰宅して、18時20分、江東区辰巳のＷＯＷＯＷ放送センター入りで「金曜カーソル」の二時間生放送をやって、23時前に帰宅した。今日は俺も一日中花粉で鼻や目がムズムズして不快だった。薬を飲みたくないけど、漢方薬の小青竜湯をお湯に溶かして飲んだ。明日のロケが不安だ。

3月15日

6時7分、品川発の新幹線で福山に行ってフジテレビ月曜9時のドラマ「極悪がんぼ」の広島ロケ。本日目出度くクランクインした。演出チーフの河毛さんと「救命病棟24時」以来約5年振りの仕事だ。尾野真千子とはＮＨＫ朝ドラ「カーネーション」以来で、三浦友和さんとは今回初めて仕事するので楽しみであった。。三浦さんはサラッと色々な仕事の話を聞かせてくれる静かな人で、近くに居て居心地の良い先輩だった。広島は晴天で、花粉も沢山飛んでいたが、事前の目薬と点鼻薬でなんとか乗り切る事が出来た。19時40分、広島空港から飛行機で東京に戻り、一旦帰宅して飯を食ってから、23時、渋谷NHK入りで「ケータイ大喜利」の生放送。レジェンド対決でなかなか面白かった。1時半頃に帰宅。睡眠不足で長い一日だった。移動中にもう少し上手く仮眠出来たら楽なんだろうなと思う。

3月16日

昨日のドラマロケが予定通り行ったので、今日の予備日が休みになった。今日は英美の月命日なので、夕方にポコと二人でお墓に御参りに行った。俺は暫く行けてなかったので嬉しかった。その後ママに頼まれた買い物をして坂を上がって帰った。昼はちらし寿司、夜はシチリア風の大きなハンバーグをママが作ってくれて、一日中美味しかった。

3月17日

昼前に目を覚ましたらママもポコも居なくて家の中は静かだった。一人で飯を食って、17時、明治座森下スタジオ入りで舞台『きりきり舞い』の稽古。18時半に終わり、今夜は

19時からキャスト・スタッフの食事会が近くの店であった。俺は殆《ほと》どコミュニケーションが取れてなかったので、今日はいい機会だったし、皆と話して楽しかった。

3月18日

13時、明治座森下スタジオ入りで『きりきり舞い』の稽古。本日はマスコミ向け用の公開稽古を少しやって、その後囲み取材を行った。各事務所の力だろうか、報道陣の数が多くて驚いた。俺の稽古部分は16時頃に終わり、矢部太郎も同じく終わったので森下駅近くの小川珈琲でお茶をして帰宅した。今日は春一番が吹き、気温も高く、日中はTシャツ一枚で過ごせた。春が来た！　という感じだけど、特に俺的にはコレといった事が何も無い。

3月19日

13時、銀座の東映入りで「ＡＥＲＡ」の取材。仮面ライダー特集のページのインタビューを30分程受けて、その後屋上で写真撮影を行った。取材終わりでそのまま応接室にて「２０１４千原ジュニア40歳ＬＩＶＥ」のコメントＶＴＲ撮りを20分程行った。15歳の頃から知ってるジュニアがもう40歳とは、感慨深いものがあった。その後、汐留日本テレビ入りで「ガキの使い」の収録。今回の企画は「板尾の夜の口パクヒットスタジオ」で、板尾の嫁の「長嶋茂雄引退セレモニー」の口パクが最高に俺は面白かった。帰宅して夜は明日からの沖縄行きの準備をした。昨年は後半に高熱が出たので少し心配だ。気を緩めない様にしなくてはいけない。

3月20日

13時、明治座森下スタジオ入りで舞台『きりきり舞い』の稽古。朝から雨で久しぶりに花粉が少なくて今日は快適だった。俺の稽古は16時過ぎに終わり、その後タクシーで羽田に行き、ママとポコと合流して17時45分発の飛行機で沖縄に飛んだ。本日から毎年恒例の沖縄国際映画祭が開幕した。生憎の雨だが、明日からは晴天が続く様で良かった。今年も家族で沖縄に来られて本当に嬉しい。体調を崩さない様に気を付けようと思う。

3月21日

7時半頃に起きてママとポコと3人でホテルのレストランで朝食を食べた。吉本の大﨑社長と会ったが、奥さんは沖縄にいらしてなくて残念だった。体調が悪いとの事で心配だ。

10時40分からシアター1で映画『振り子』の上映と舞台挨拶があり登壇した。客席では泣いている人が多く、実写化は合格点だったと俺は思う。原作者の鉄拳が舞台上の挨拶で泣いていたのが印象的で、貰い泣きしそうになった。その後オープニングのレッドカーペットをまずは仮面ライダーフィフティーンとして鎧武と二人で歩いてから、再び映画『振り子』チームと二度目のレッドカーペットを歩いた。映画に携わる人間としては、二度も歩けるのは嬉しくて、沿道の沖縄の人達の笑顔を沢山見られて幸せだった。オープニングセレモニーを途中で抜けて、うるま市石川会館に入り、19時からNHK「ケータイ大喜利全国ツアーin沖縄」の公開収録を行った。収録中はお客さんの指笛が拍手と笑い声と共に会場に響き、南国らしい雰囲気があって良かった。

3月22日

眠りが浅く、一時間ごとに目が覚めてしまい、6時頃に起きてしまった。7時にママとポコを起こしてホテルのレストランで朝食を食べて、那覇市の桜坂劇場にママとポコと一緒に入り、映画『振り子』の舞台挨拶を竹永監督と小西真奈美さんと3人で行い、途中でオリエンタルラジオがMCをやってるチャンネルNECO「映画ちゃん」という番組の取材も受けた。その後ジュンク堂書店那覇店にて『板尾日記9』のサイン会を行った。前回より多くの人に来てもらい、一人で二冊三冊と買って下さる人が多くて嬉しかった。サイン会が終わり、家族3人で毎年行く国際市場の中にある「田舎」というソーキそばの店でお昼を食べて、カフェでお茶を飲んで、ママとポコをデューティーフリーまで送ってから一人でホテルに戻って来た。16時45分出発で沖縄市のミュージックタウン音市場に入り、フジテレビ特番「芸人・映画監督Xファクター」という番組を収録した。4人の芸人が撮りたい映画をプレゼンする企画で、インパルス板倉が決勝で勝ち、来年の映画祭で監督デビューする可能性が出て来た。21時頃にホテルに戻り、一人ルームサービスでベジタブルカレーを食べて22時半頃には家族揃って就寝した。明日は仕事が早く終わりそうなのでママとポコと3人で夕食をどこかに食べに行きたい。

3月23日

11時、那覇市の桜坂劇場入りで白タキシードに着替えて、国際通りのホテルスタンバイで映画『あさひるばん』のやまさき十三監督と、コトブキツカサさんと3人でレッドカーペットを歩いた。晴れて気持ちのいいレッドカーペットだった。その後、同映画を劇場でお客さんと観ながらのコメンタリーを博多華丸も加わり行った。満員のお客さんで笑いも沢山あり、後半は皆で映画に観入ってしまい、久しぶりにこの映画を観てまた感動してしまった。イベント終了後はDVD、ブルーレイを買って下さったお客さんとの撮影会を行い、沢山の人達と写真を撮った。夜は那覇市内の看板の出てないビストロにママとポコと3人で行って夕食を食べてホテルに帰った。今日も一日充実した映画祭で寝るまで楽しかった。明日はいよいよ最終日だ。

3月24日

今日は夕方までフリーだったので、散歩がてらホテルから20分程の食堂に3人で昼御飯に行った。ポコはソーキそばが気に入ったみたいで、麺をチュルチュルと言いながら美味しそうに食べている姿が可愛かった。17時からついに映画祭のクロージングセレモニーが始まり、各賞が発表され、俺は「クリエイターズ・ファクトリー」のプレゼンターを僭越ながら務めた。その後ビーチステージのライブと最後の花火をママとポコと3人で見る事が出来て幸せだった。英美も見た沖縄の花火をポコにも見せられて良かった。

3月25日

6時半に起きてホテルレストランで朝食を食べ、チェックアウトして10時5分の飛行機で羽田に飛んだ。ポコは出発して少しグズグズと泣いていたけど、後は羽田に着くまでママに抱っこされて寝ててくれた。行きも帰りも機内は親孝行な子で助かった。羽田でママとポコとバイバイして俺は一人明治座森下スタジオに向かい、夜まで舞台の稽古。沖縄の疲れなのか、夕方ぐらいから頭と体が急に重くなり使い物にならなくなった。20時頃に帰宅。ぐったりして何もする気が起こらず荷物の整理も明日に回した。明日も稽古だし早く寝よう。家族3人無事に帰宅出来てとにかく良かった。

3月26日

8時45分フジテレビお台場湾岸スタジオ入りでドラマ「極悪がんぼ」の収録。スタジオ初日でレギュラー出演者全員と俺は初めて顔を合わせた。オープニングタイトルの撮影をして本日俺の出番は終わり。小林薫さんの特殊メイクが自然過ぎて本人と気付かない程で怪しい完成度だった。昼前に終わり、一時間程早く明治座森下スタジオに入った。今日は初めての通し稽古で粗通しだったが、物語の立体が見えた感じで本番がワクワクしてきた。

21時頃に帰宅。

3月27日

11時半、明治座森下スタジオ入りで舞台『きりきり舞い』の、本日は衣裳パレードで一幕一場から順に衣裳とカツラを付けて各部が確認していった。これで本番が少し見えてきた感じで、プラス自分でやらないといけない事も2、3生まれてまだまだ本番には程遠いと思った。15時前にスタジオを出てフジテレビお台場湾岸スタジオに入り、月9ドラマ「極悪がんぼ」の収録。宮藤官九郎もこのドラマに出ていて、久しぶりに前室で顔を合わせた。一緒に仕事をするのは何年振りだろう？　今回のドラマは先輩の役者さんが多いので、いつもと違い見て勉強する事が多いし、話を聞いているだけでも楽しくて得をした気分だ。ＮＨＫ２０１４年度予算案審議で日本維新の会の中田宏衆議院議員に「ケータイ大喜利」は低俗な番組だと言われた。あまりにも民放の真似をし過ぎてるという指摘を聞いて、番組をよく見ずに適当に言ってるのがよく分かった。「ケータイ大喜利」の生投稿システムはＮＨＫが開発したもので、決して民放の真似では無いし、投稿者で成り立ってる番組を低俗と言うのはＮＨＫの視聴者を低俗と言ってしまってる事に本人は気付いてないのである。番組のメルマガ会員は15万人で、毎週の投稿者は何十万人。日本維新の会は多くの人間を敵に回してしまった。笑いを軽く見た報いを受けるだろう。可哀相に……。

3月28日

14時半、明治座森下スタジオ入りで舞台『きりきり舞い』の稽古。夕方から通しが始まったが、一幕まででスタジオを出て、18時、辰巳のWOWOW放送センター入り。20時から「金曜カーソル」生放送。沖縄から帰って来てからなんとなく体調が悪いというか、毎日昼間眠い……。眠りが浅いのか、どこか悪いのかよく分からない。スッキリと体調良く毎日仕事がしたいものだ。23時前に帰宅。

3月29日

12時40分、新宿バルト9入りで映画『仮面ライダー大戦』公開初日舞台挨拶に登壇した。俺は今日の公開初日を故・山口暁氏に捧げたいと思う。この映画は昭和ライダーと平成ライダーどちらが勝つエンディングを観たいかを投票で決めるシステムを取っていて、撮影も2パターン行われた。僅差で平成ライダーが勝ったが、総投票数がＡＫＢ総選挙を上回っていたのには驚いた。降壇後に飛び出しで明治座森下スタジオ入りで舞台『きりきり舞い』の稽古。19時半頃に終了し、20時頃に帰宅。

3月30日

朝から雨でスギ花粉は少なく、目の痒みがゼロになって快調だ。12時半、明治座森下スタジオ入りで舞台『きりきり舞い』の稽古。本日はダンスと小返しと通し稽古で盛り沢山な一日だった。俺的には粗《ほぼ》出来上がったので早く舞台で稽古したい気持ちだ。稽古は18時半頃に終わったので、予定外だったドラマ「福家警部補の挨拶」の打上げに顔を出した。ゲスト出演者で出席してたのは俺一人だった。どういう風の吹き回しなのか自分でもよく分からないが、佐藤監督と柄本時生に俺は会いたかった。22時過ぎに帰宅。

3月31日

13時、明治座森下スタジオ入りで舞台『きりきり舞い』の稽古。通し稽古という空気の中では上手く行ったが、舞台稽古、本番とまだまだ未知の体験が待っていると思うとワクワクする。20時頃帰宅。

4月

4月1日

12時、明治座森下スタジオ入りで舞台『きりきり舞い』の稽古。本日でスタジオでの稽古は最後となり、本番が迫って来た。早く客前でやりたくてウズウズしている。気が付いたら昨年の年末からタバコを止めて3ヶ月が経った。でもいまだに吸いたい気持ちは強い。いつか吸ってやる！　チャド・マレーンの相方の加藤がタロット占い師のバイトをするとの事で名前を考えてくれと何故か矢部太郎に頼まれて「ボヘミアン加藤」と名付けた。

4月2日

6時半、自宅出発で横浜の現場に入り、CXドラマ「極悪がんぼ」のロケ。昨晩はポコが可哀相に咳が出て何回も起きて泣いていた。俺が出掛ける時はぐっすりと寝ていたが、御蔭で俺は寝不足で朝から辛い撮影だった。でも、白金橋から見る桜がキレイで心が気持ち良かった。俺のロケは10時半頃に終わり、東京に戻って神田のクリニックで高濃度ビタミンの点滴をいつもより時間を掛けてゆっくりと入れた。その後一旦帰宅して、17時、明治座入りで舞台『きりきり舞い』の稽古。今日は台詞合せ中心の軽い立ち稽古を21時過ぎまで行った。明日は劇場仕込みで稽古は休みやけど、朝からドラマの撮影だ。さっさと寝よう。

4月3日

7時15分フジテレビお台場湾岸スタジオ入りで月9ドラマ「極悪がんぼ」の収録。第1話のラスト79シーンが142カット程あり、二時間強押した。スタジオ内は適温で食後は睡魔が襲って来て集中するのが大変だった。今回のドラマは役者陣のキャラクターが皆濃いので、埋もれてしまわない様に頑張らねばならない。終わるのが遅くなって、21時半頃にやっと帰宅。

4月4日

花曇り後に雨で風が少々強く、満開の桜には可哀相なのか喜んでいるのか俺にはよく分からない。10時10分、日本橋浜町明治座入りで本日よりいよいよ舞台稽古に入った。冷蔵庫、電子レンジ、テレビ、ビデオデッキ、風呂トイレ付きの和室の旅館の様な楽屋で充分に持て余しそうだ。いっそ20日間ここに泊まって下さいと言われた方が納得がいく感じだ。地方ならこの広さと豪華さは経験済みだが、東京都心日本橋でこのステータスはよく考えてみれば凄いと思う。ナイキさんから楽屋暖簾が届いていて、藍に白の染抜きで「板尾創路さん江 JUST DO IT.」とナイキのロゴマークが書いてあり、凄くいい感じで嬉しい。俄然遣る気が出て来た！ 森部さん有り難う、感謝です。

4月5日

9時半、明治座入りで40分から『きりきり舞い』公演安全祈願修祓《しゅばつ》式をオールスタッフで行い、昨日の残りの場当りをやってから休憩を挟んで18時からゲネプロ。ダンスを失敗したり着替えで出が間に合わなかったり色々と問題はあったが、明日の本番の為には良かったと思う失敗だった。意外と、教えてもらった化粧だけはメイクさんに安定感があると誉められた。明日はいよいよ初日だ！ 23時頃に帰宅。

4月6日

9時半、明治座入りで舞台『きりきり舞い』、本日初日を迎えた。10時に明治座の重役さん達が各部屋に初日挨拶に来られたり、楽屋階が各役者さん達に届いた花で極楽の様であったり、古き良き慣わしの心地良さがこの明治座にはあり、出る事にして本当に良かったと思う。俺自体の出番は少なくて、今回は余裕もあるし、千穐楽まで楽しめそうだ。初日の幕が下りて座長の田中麗奈にキャスト全員で拍手を送ったら彼女が泣いた。今日まで色々とプレッシャーやらあって大変やったんやなと思うと少し貰い泣きしそうになった。田中麗奈さん、公演初日おめでとう！　20時半頃に帰宅。

4月7日

10時、明治座入りで舞台『きりきり舞い』11時から一回公演。朝から頭が痛くて薬を飲んでも治まらずで、ストレスのある本番になってしまった。ダンスと一幕は上手く行ったけど、二幕で椅子の上から降りる時にバランスを崩して転倒しかけて危なかった。その影響か、後半手前の台詞が出てこなくて麗奈ちゃんに迷惑を掛けてしまった。終演後、飛び出しでフジテレビ湾岸スタジオ入りしてドラマ「極悪がんぼ」の収録。夕休の時にスタジオ一階の診療所に行ったらやはり咽が少し赤いと言われて、諸々の風邪薬を処方してもらって飲んだ。先手必勝となればいいが……。本日はドラマ収録後、エンディングミニコーナーを俺一人で毎週受け持つ事になり、初回なので探りながら2パターン収録した。役柄の抜道琢己のキャラで、ドラマの真似を実際に行うと法律に触れますよ！　という注意を促す映像だ。ここ数年はドラマでも面倒臭い事になっている。でもまぁ、このドラマの面子では俺がやるのが適任かなと自分で思う。1時頃やっと帰宅。今日は疲れた……。

4月8日

10時、明治座入りで舞台『きりきり舞い』、本日は二回公演。明治座にタクシーで着いて少し車を寄せるのにバックした瞬間にタクシーが標識のポールにぶつかった。かなり車が凹んで運転手さんが可哀相だった。一回目終わりに演出家のG2さんが観劇に来ていて楽屋に挨拶に来てくれた。20時前にやっと明治座を出て、矢部太郎、八十田勇一さん、田中麗奈ちゃんらと人形町の洋食屋さんで飯を食った。古い佇まいの味のあるお店で、ポークカツレツが最高に旨かった。その後麗奈ちゃんは帰って、男3人で雰囲気のいい喫茶店でコーヒーとケーキをセットで食べた。全席禁煙で携帯電話も禁止、味に集中させる店で、器は全て有田焼で俺は好きな感じの店だった。22時半頃に解散し帰宅。今日は矢部太郎に二回も劇場に忘れ物を取りに行ってもらい、悪い事をした。しずちゃんは舞台終わりでテレビの収録があり少し可哀相だった。体調は相変わらずでモヤモヤする。明日は舞台と映画だ!

4月9日

10時、明治座入りで舞台『きりきり舞い』11時開演。今日は一回公演で終演後に迎えの車が来て西村組映画『忍者 虎影』の支度場所ホテルに入った。スケジュールが合わず参加出来なかったけど、西村さんがラストシーンワンカットだけでも出て欲しいと言ってくれて、今日の撮影となった。スタッフロールの後に謎の男という役で出演した。続編は悪のボスで出てくると西村監督は言っていたので楽しみだ。もう一人謎の男で韓国の役者さんジウンさんと二人で芝居をした。俺のツイッターをフォローしていいですか、と言ってくれる、気さくで好感が持てる人だった。

4月10日

10時40分、明治座入りで舞台『きりきり舞い』今日は何故か12時開演で何か意味があるのか不思議だ。一回公演で15時20分に終わり、そのまま汐留の日本テレビに入り「ニノさん」、「二宮和也の主婦の敵」という企画収録の二本録りをした。16人の主婦の悩みをライブチャットの様な感じで俺と二宮君が聞くというシンプルだけどあんまり見た事が無い画と組合せで俺は収録時間も短く感じ、楽しくトークが出来たと思う。20時過ぎに終わり、21時前に帰宅。

4月11日

今日も10時、明治座入りで舞台『きりきり舞い』一回公演。少し台詞が出てこなかったり、間が空いたりして公演6日目やけど自分の中ではまだ初日が出ていないのが少しヤキモキしている。14時半頃には矢部太郎と二人で劇場を出て新宿に行き、バルト9にて16時40分の回の劇場版『仮面ライダー大戦』を観た。この時間でもお客さんは多く、100人以上は入ってたと思う。完成試写では7割しか観て無いので、全編観る事が出来てスッキリとした。なかなか物が物だけに自分でジャッジするのは難しいが、悪くはなかった様に思う。変身もCGがカッコ良くていい感じだったし、ライダー好きの大人だったら楽しめる内容だったと俺は思う。ただ、何十人もの怪人達の前をゆっくりカメラが横移動すると、俺が居るのは少し自分でも笑ってしまった。でも今回は本当にいい経験といい仲間入りをさせてもらい、ライダー関係者とライダーファンに心から感謝している。有り難う仮面ライダー！

4月12日

10時半、明治座入りで本日も舞台『きりきり舞い』。7日目で8、9回目を迎えた。昼公演でモデルという外来語を使ってしまい、皆は笑ってくれたが俺は反省した。やはり世界観を壊す言葉は良くない。今日は夜公演までの休憩の時間に掃除機を借りて自分の楽屋を掃除して、楽屋前のお祝いで沢山頂いた花に水をやったりした。ふとこの部屋に住んでる一人暮らしの老人の様に自分が思えて来た。夜公演終わりで熊谷真実さんに日本橋の寿司屋に連れていってもらい、御馳走になった。肝臓の為に生物を先生に止められていたけど、ストレスが溜るのも良くないので今夜は腹いっぱい食べて大満足した。皆さんを店に残して、23時、渋谷ＮＨＫ入りで「ケータイ大喜利」の生放送。今夜はゲストにＮＨＫ木曜時代劇「銀二貫」で共演した林遣都君が来て二人で番組の宣伝をした。1時半頃に帰宅。

4月13日

10時、明治座入りで舞台『きりきり舞い』今日も昼夜二回公演、しかも昨晩は寝たのが4時前で寝不足気味で少し辛い一日だった。合間も少し楽屋でウトウト出来たぐらいでなんかリズムが狂った感じだ。今日は観劇に『板尾日記』編集の松本さんがお母さんと、宮根誠司さん、俺の俳優マネージメントをやってもらってる尾中さんが来てくれた。忙しい中足を運んでいただき嬉しかった。終演後は座長主催の中打上げパーティーが劇場近くの店であり、久しぶりにキャスト・スタッフが粗揃《ほぼ》い、楽しい時間を共有出来て幸せだった。そして木村祐一の娘さんが今日無事に女の子を出産した報告があり、重ねて幸せな気持ちにさせてもらった。陽菜ちゃん、お母さん、キムおじいちゃん本当におめでとう！

4月14日

本日は明治座が休演日。他の仕事は無く、板尾家は病院デーだった。俺は一人で慈恵会医大病院にて午後から脳血管のＭＲＩ検査。抱えている動脈瘤の年一回の変化を診てもらったが、昨年と変わりなく、また来年となった。禁煙した事を誉められた。検査と診察の間に院内のレストランで評判のエビカツサンドを食べた。最高に納得で旨かった。16時前に病院を出て、御茶ノ水の順天堂医院にママとポコを迎えに行った。ポコも定期的な検査で特に問題は無く、次回は8月と言われた。帰りに3人で近江屋洋菓子店に行って、店内でケーキやプリンやパイを食べた。なんか素朴で懐かしく優しい味だった。

4月15日

10時、明治座入りで舞台『きりきり舞い』二回公演。今朝は自宅を出るタイミングがポコの保育園と同じだったのでママとポコを途中まで乗っけて行った。今日は初めて行く保育園なのでポコの事が少し心配になりながらバイバイした。舞台は平日でも連日満席に近い状態で盛況の様だ。KRCの日馬師匠から立派な御花が届いて嬉しかった。終演後は飛び出しでフジテレビお台場湾岸スタジオに入り、ドラマ「極悪がんぼ」の収録を0時前まで行った。1時前に帰宅。疲れて風呂に入る元気が無かったのでシャワーだけ浴びた。

4月16日

10時、明治座入りで舞台『きりきり舞い』二回公演。中日を過ぎると芝居も安定してきて、悪い意味で慣れてきて飽きが出てきた。何か新たな楽しみと喜びを探さないといけない。今日は英美の月命日。何年経っても16という数字が忘れられない。

4月17日

11時、明治座入りで舞台『きりきり舞い』一回公演。今日は増本庄一郎と佐野泰臣を舞台に招待した。終演後は矢部太郎も加わって4人で表参道に行って「ラ・ボエム」で飯を食って、俺は18時半にシエルで髪を切った。連ドラの第3話を無事に撮り終えたので繋がりを気にせずに思い切って切れた。その後、皆と再び合流し、渋谷に移動して何故かマッコイズの辻本さんと息子さんとその彼女まで一緒にワイワイと御飯を食べて楽しかった。1時頃に帰宅。

4月18日

10時、明治座入りで本日も舞台『きりきり舞い』一回公演。昨晩帰宅が遅かったので、今日は少し寝不足気味で休憩中にウトウトと楽屋で寝てしまった。頭がスッキリせず台詞が出てこなくなり、舞台で麗奈ちゃんに迷惑を掛けてしまった。終演後WOWOW放送センター入りして楽屋で二時間程「キネマ旬報」の連載「板尾プロット」のインタビュー取材を行い、20時から「金曜カーソル」の生放送。今夜はドラクエの特集で、俺はやった事も無いし興味も無いので辛かった。22時半頃に帰宅。

4月19日

11時、明治座入りで舞台『きりきり舞い』、本日は二回公演。昨晩は久しぶりに8時間程眠れてスッキリとした小屋入りの朝だった。合間は楽屋を掃除して、夜の部にはラサール石井さんが観に来て下さった。初日には立派な御花まで頂いて恐縮するばかりだ。終演後飛び出しで赤坂のジェイビークリニックに行って、先月打てなかったブロック注射を打ち、23時、渋谷NHK入りで「ケータイ大喜利」の生放送。1時半頃に帰宅。今日は大阪からオトンとオカンが来ていて寝ていた。家の中の雰囲気がいつもと違う感じだった。

4月20日

10時、明治座入りで舞台『きりきり舞い』二回公演。本日を以て残り一週間となり、先が見えてきた感じだ。夜公演の前に共演者の中の守田菜生さんのお父さんである坂東三津五郎さんが突然挨拶に来て下さり、驚いたと同時に恐縮した。今日は板尾組の後輩達が沢山観に来てくれて、楽屋周りが賑やかで良かった。昨日の注射の御蔭で体調がいい感じだ。

4月21日

10時、明治座入りで今日も舞台『きりきり舞い』。オトンとオカンが昼の部を観に来て、終演後は日本橋髙島屋の浅田真央展に行った。雨で気温も低く、なかなか連れていく所も無く困ったもんだ。夕方にママとポコも合流して三越本店で皆でお茶をして、キッズルームの様な所でポコを遊ばせた。その後オトンとオカンを羽田空港まで送りに行って、20時半の飛行機に乗せた。ポコは無邪気にバイバイと手を振っていたが、おじいちゃんとおばあちゃんは孫と別れるのが寂しそうだった。

4月22日

今日も10時、明治座入りで舞台『きりきり舞い』本日は昼、夜二回公演。今日明日が終盤に向けての頑張り所だ。昼休憩の時に加藤雅也さんの事務所さんからお粥の差し入れがあった。トッピングの具が十種類以上あり豪華で粋な心遣いだった。夜公演にドラマ「家族ゲーム」等で御世話になった佐藤監督が来てくれた。なかなか招待出来るイベントが無かったので楽しんでもらう事が出来て良かった。

4月23日

10時、明治座入りで舞台『きりきり舞い』本日も二回公演。昼公演の休憩中に木下ほうかが楽屋に来てくれた。なかなか楽しい舞台だと喜んでくれた様だ。昨日に続いて今日は熊谷真実さんからお昼に御弁当の差し入れを全員に頂いた。真実さんらしい可愛らしい御弁当だった。夜公演の前に舞台にてカーテンコールの直しを全員で行った。少し踊りが入り、お客さんの欲求に応える感じになった。その後、楽屋に戻ったらママとポコが来ていて嬉しかった。3人で昼御飯を仲良く食べて楽しかった。ポコは楽屋フロアー中に愛嬌を振り撒き皆にちやほやされて上機嫌で帰って行った。少し疲れていた全体の空気を変えてしまうパワーが子供には確かにあった。

4月24日

11時、明治座入りで舞台『きりきり舞い』本日は一回公演。井口昇監督が夫婦で観劇に来てくれた。井口さんは劇場のお客さん込みで芝居を観たいらしく、3階席の端っこの席に座っていた。その気持ちは凄くよく分かる気がする。後輩のカラテカ入江も差し入れを持って観に来てくれたり、終演後も賑やかな楽屋周りだった。16時お台場フジテレビ湾岸スタジオ入りでドラマ「極悪がんぼ」の収録。今日から俺は区切りのいい第4話で、色々と切り替えて別世界の中に入っていった。23時頃に終了し帰宅。

4月25日

オバマ渋滞を予測していつもより10分早く自宅を出たけど、特に何も無く、9時45分頃に明治座に着いた。本日は昼夜二回公演ラストスパート。矢部太郎は疲労の蓄積からか咽を潰してしまい、明日を待たずに声だけ千穐楽を迎えてしまった。昼休憩の時に田中麗奈座長から御弁当の差し入れが全員にあった。さすが座長、今半の御弁当で貫禄があった。ぼちぼち楽屋の片付けをしだして、終わりが見えてきた。明日明治座の緞帳が下りるまで事故等無い事を祈る。

4月26日

ポコがまた熱を出して、少し後ろ髪を引かれる感じで明治座へ10時に入った。本日は目出度い舞台『きりきり舞い』千穐楽。天気も良く、ゴールデンウィーク初日で客席は大入満員で皆の門出には相応しい日和となった。再演でもあったら是非また出たい演目となった。打上げも楽しくスタッフ・キャストの皆さんと沢山話した。11月に東宝シアタークリエでの『ショーシャンクの空に』の舞台に出演する事にどうやらなりそうで楽しみだ。なんといっても國村隼さんと一緒に出来る事が嬉しい。その他にはＷＯＷＯＷ連ドラＷの新作と東海テレビの昼ドラもやる事になって、今年いっぱいはまだまだ忙しそうな俺だ。板尾組の新作はいつになる事やら。

4月27日

久しぶりに13時過ぎまでベッドに居た。今日は明治座に行かなくていいのが少し不安な程支配されてたのが分かった。本日は丸一日仕事は休みで家でのんびりとしたい所だけど、ポコがまた風邪を引いたみたいで食欲が無く、下痢と咳で嘔吐してしまう事が多く心配だ。熱は今の所高くないので機嫌がさほど悪くないのが救いだ。

4月28日

7時半、新宿東口の現場入りでドラマ「極悪がんぼ」のロケ。「かに道楽」で別れた嫁さんと二人で食事するシーンで、後に活かされる事も考え、監督は意味ありげな台詞を付けた。大事な事だと俺は思った。10時半頃に現場は終わり一旦帰宅し、昼食と仮眠を取って16時15分にお台場フジテレビ湾岸スタジオに入り、再び「極悪がんぼ」の撮影。その前に公式ホームページのインタビューを15分ぐらい受けてからスタジオ一階の診療所に行って、咽の腫れを治す抗生物質を処方してもらった。ポコの風邪が移ったかな？　舞台が終わって気が抜けたかな？　スタジオ収録は22時前に終了し、22時半頃帰宅。ママに小松菜のおひたしと飯蛸の炒め物を作ってもらい食べた。美味しかった。明日体調が悪くならない事を祈る。

4月29日

本日撮影のドラマ「極悪がんぼ」の収録が少し巻いて、30分早く15時にお台場フジテレビ湾岸スタジオに入った。今日は人物が多い割りには撮影テンポが良く、全体も予定より3時間も早く終わり、全員夕食休憩を取らずに18時頃に終了した。皆は得した様に喜んでいたけど、普通にいけば元々この時間に終わっていたのを時間を読み違えていただけで、むしろ早く終わった事で何か他の予定を入れられたかもしれず、怒ってもいいぐらいだと俺は思う。でも、言っておきながら腹は立たないんだけどね。第6話の台本読んだら國村隼さんの名前があったので嬉しかった。

4月30日

14時、世田谷区砧の国際放映入りで東海テレビの昼の連ドラ「碧の海」オールスタッフによる御祓いから顔合せ、本読み、最後に衣裳合せと盛り沢山な始まりとなった。今やってるフジのドラマにスケジュールで迷惑が掛かるので、一度は出演しない事で落ち着いたけど、再度フジのドラマを優先する条件で出演する事になった。7月くらいからはWOWOWの連ドラも入ってくるし、体力的にかなり不安だが、受けた以上全力で参加したいと思う。17時半お台場フジテレビ湾岸スタジオ入りでドラマ「極悪がんぼ」の収録。今日は消え物できつねうどんとナポリタンとポテトサラダを食べるシーンが2つ続いて、スタジオに居る間ずっと物を口に入れてた胃袋の疲れる収録だった。23時前に終わり帰宅。

5月

5月1日

今日は全ての現場が撮休で時間がゆったりと流れて美味しいコーヒーを何杯も飲む事が出来て目が少し細くなってるんちゃうかな……。タバコを吸わなくなって思えば今日で四ヶ月だ。今でも一日2シーンぐらいは吸いたいと思う日々。今度タバコを吸う日を楽しみにしながらこれからも吸わないつもりだ。台本を今日は3冊読んだ。

5月2日

10時半、羽田発の飛行機で伊丹に行き、ドラマ「極悪がんぼ」大阪ロケ。千鳥のノブ小池が俺の役所時代の後輩という設定で、大阪城、梅田駅、道頓堀で二人きりの第5話の撮影だった。監督が千鳥のファンであり、この堺という役のイメージがノブ小池で、スケジュールもピンポイントで空いていて、強い縁のようなものを感じた。ノブ小池は前に一度ヘタしてたら死んでるぐらいの病気から生還している、生かされている人間だ。そんな人間は運が強いと俺は思っている。このドラマ出演がきっかけで役者の仕事が増えるかもと俺は密かに思っている。ロケは20時半頃に終わり、ロケ隊の皆とノブの行き付けの店で飲み食いをした。本日は大阪泊。

5月3日

12時、伊丹発の飛行機で東京に戻り一旦帰宅して一時間程仮眠し、夕食は家で食べて、23時、渋谷NHK入りした。今日は移動して日付が変わってからの「ケータイ大喜利」生放送。リハーサルは本日中なので、理屈で言うと今日は仕事の準備をしただけで、必要だけど損してる様な気もする変な心持ちの一日だった。1時半頃に帰宅。

5月4日

10時お台場フジテレビ湾岸スタジオ入りでドラマ「極悪がんぼ」の収録。本日で第5話が埋まって早くも折り返し地点まで来た。第6話にゲストで出演する國村隼さんが夕休前にスタジオの前室にいらっしゃって、三浦友和、椎名桔平とアウトレイジな3人が揃い、前室がいい感じに和んだ。残念ながら今回俺は國村さんとの絡みは無い。

5月5日

早朝に震度5弱の地震があったけど、俺は高イビキをかいて寝ていたらしい。いつもは眠りが浅いと思い込んでるだけで、深く眠れてるやん！　と自分に突っ込みたくなった。

5月6日

今日はひたすら時間の許す限りドラマの台本を集中的に読んだ。「極悪がんぼ」第7話と10日からスタジオでの収録が始まる昼ドラ「碧の海」第20話まで一気に読んだ。小説と違って映画やドラマの台本は踏まえないといけない事や想像する事があり、時には感情を入れながら読まないといけないので俺は頭がかなり疲れる。今日は量が多かったので特に脳がフラフラになった。

5月7日

仕事の前に英美のお墓に久しぶりに行った。相変わらず曾ばあちゃんの御蔭でお墓は花がいっぱいで掃除も行き届いていていて感謝しなければと思う。もうあと数日でポコは英美が生きた歳月に届く。変に意識しているのかドキドキする。英美を越えていくポコがお姉ちゃんを連れて一緒に大きくなり、ママとパパに英美の事も見せてくれるのかな、と思ったりする。二人で一人、一人で二人。俺たち夫婦の大切な子供達。喜びも悲しみもあるがまま、咲くも散るも枯れるのも良し。

5月8日

朝からママとポコはおばあちゃんと3人で鎌倉に行ってしまい、今日は休みだけど一人ぼっちになった。散歩がてらＪＲのみどりの窓口へ11日の京都行きの切符を買いに行った。帰り道にポコの大好きなアーモンドとじゃこのおやつを買って帰った。夕方は数年前に頂いた『キック・アス』という映画のブルーレイをやっと観た。ヒットガール役のクロエ・グレース・モレッツが一番光ってたのがこの映画の一番の魅力であり、大ヒットした要因だろう。まさにヒットガール。夜は一人スープカレーを食べながら木曜時代劇「銀二貫」第5話を観た。事前にＤＶＤで観ていたけど泣いてしまう。人の優しさは作り物であってもやっぱりええなと思った。夜中は板尾組新作予定映画『キッドアイラック！』の第一稿を久しぶりに読み返した。やっぱり主演や助演は若い役者をオーディションで選ぶべきだと思った。

5月9日

15時20分フジテレビお台場湾岸スタジオ入りでドラマ「極悪がんぼ」の収録ではなく、番宣で「めざましテレビ」の取材協力。番組主題歌を歌う氣志團のライブをスタジオのドラマセット内で聴いてインタビューを少し受けた。なかなかパンチがあり、ノリのいい曲で売れると俺は思った。またまた咽が痛くて少し熱っぽい感じになって、風邪がぶり返してきたので、湾岸スタジオビル診療所を受診して、前より強めの抗生物質を出してもらった。我ながら情けなく、強い肉体が欲しいもんだと感じた。それにしても一般道でレインボーブリッジを渡る時にぐるっと大きく一周回らされるのを毎回少し恥ずかしく感じるのは俺だけかな？

5月10日

1時前に寝て2時半頃に目が覚めてから朝まで一睡も出来ず、何故かレトルトのカレーを温めて食べ、仕事に行った。8時半、砧スタジオ国際放映入りで昼の帯ドラマ東海テレビ制作「碧の海」のスタジオ収録。俺は今日からクランクインとなった。テンポの早い女性の監督で、共同テレビの名物ディレクターらしく、吉本の芸人が多く出演してる事もあり、全体が少しコントのような不思議な空気で、良いのか悪いのか寝てない今日の俺には判断出来なかった。昼前に俺は終了し、今回役者として出演している増本庄一郎と二人で代々木上原駅前で蕎麦を食べてから渋谷の椿屋珈琲店で板尾組映画『キッドアイラック！』の脚本打合せを、樋口にも来てもらって3人で久しぶりに進めた。効果的なアイディアを一つ入れる事が出来たり、進展はあったものの、主役の俳優の顔が俺には具体的に見えてこないので「よし！　やるぞ！」という気持ちになれないのが正直な今の気持ちだ。間もなく出てくるのか？　出てこないのならこの映画の企画は無いとまで思う。夕方一旦帰宅して仮眠を取る努力をしたがダメで、結局一睡も出来ず仕舞いでNHK「ケータイ大喜利」の生放送を行った。1時半頃に帰宅した。眠れるのか少しまだ不安……。

5月11日

やはり明け方5時頃までベッドに入っても眠れずで、肉体的というより精神的に辛かった。9時に起きて9時47分、品川発の新幹線で京都に「京都コンシェル新聞」の取材で行き、ある病院の健康祭というイベントに参加した。そして小児病棟に入院している子供に風船をプレゼントして回った。2歳から4歳くらいの可愛い子が沢山いて、風船を渡すとみんなニッコリしてくれて逆にこっちが嬉しくなり、癒されて帰って来た。付き添いの親御さん達も喜んでくれて今日は本当に京都まで行って良かったと思った。

5月12日

何回も目が覚めたけど、8時間ぐらいはやっと眠れた感じ。いつでもどこでも眠れる人間になりたい。今夜は六本木ヒルズで三浦友和さん仕切りの食事会。その前に麻布十番商店街の喫茶店で、頼まれた映画『ａｔ Ｈｏｍｅ』の脚本第7稿を読んだ。役に立てばいいけどなという感じ。最近思うけど、ワンポイントで出演するのって一番難しい。

5月13日

今日は仕事が完全に休みだったので、午後からママとポコと3人で吉祥寺で買い物して御飯を食べてから、国分寺にある「イングリッシュガーデン・ローズカフェ」にお茶を飲みに行った。天気も良くて初夏の様な汗ばむ暑さで、今年初めてアイスコーヒーを飲んだ。

バラの花が咲き乱れていて、ママもポコも風が運んでくるバラの香りの中、終始楽しそうだった。帰りは大森山王に一軒家を見に行ってから帰宅した。直ぐにシャワーを浴びたくなり、益々夏を感じた一日だった。今日はいい疲れ方をしたのでゆっくりと眠れそうだ。

5月14日

8時45分お台場フジテレビ湾岸スタジオ入りでドラマ「極悪がんぼ」の収録。ワンシーンのみで10時半過ぎには終わり、真っ直ぐ11時頃に帰宅。家には誰も居なかったので、駅前で一人カレーを食べて、喫茶店でコーヒーとアイスクリームを食べ、ドラマの第8話の決定稿を読んだ。最近コンビニに行かなくなって少し健康になった気がする。少し痩せたのは事実である。タバコとコンビニを脱すれば未来は少し明るくなるんじゃないかと思う。

5月15日

8時55分、自宅出発で千葉の木更津の現場に行って、ドラマ「極悪がんぼ」の撮影。雨の影響で一時間程現場が止まっていたので、少し待ったけど13時頃には終わり、本隊と共に東京へ戻り、本日の俺の出番は終わり、第7話も俺は一足早く埋まった。タイミングも良かったので、その足で表参道に行って髪を切った。その後、久しぶりにザ・リアルマッコイズに行って買い物をした。ブルーで長袖のボタンダウンとU・S NAVYのワークシャツ2枚を購入した。大好きなブランドで欲しかった服を買って帰ると、新しい友達が出来た様な気持ちになるのは子供の頃から今も変わらない。

5月16日

8時20分、世田谷砧スタジオ入りで東海テレビ昼ドラ「碧の海」の収録。岩城滉一さん、杉田かおるさん、ベテランの俳優さんと、しかも昼ドラに真面目な役で出演している自分が不思議な存在に思えて仕方無い一日だった。一般的に見れば、特別芝居が上手い訳でもない俺が岩城さん等と肩を並べてドラマに出てるなんて、よくよく考えてみたら凄い事で、夢だとしてもやっぱりなと思ってしまうだろう。撮影終わりに表参道でザ・リアルマッコイズの辻本さん親子と増本庄一郎や写真家さん、デザイナーさん、編集者の人達とイタリアンを食べた。その後増本に送ってもらう序《つい》でに二人でお茶を飲んで、気が付いたら2時間弱も話し込んでいた。今日は英美の月命日だった。夜は月がキレイで、英美に見られてる気がしてならなかった。笑い声も確かに聞こえたし……。

5月17日

11時頃に起床して13時前に家を出てママとポコと3人、近所の蕎麦屋で昼食を済ませてから英美のお墓参りに行った。これから夏に掛けて生花は直ぐにダメになるので、ママが造花をアレンジした物を手向けてきた。夕食はママの手料理を食べて、今夜は23時、渋谷NHK入りで「ケータイ大喜利」の生放送。1時半頃に帰宅した。

5月18日

8時40分、砧スタジオ入りで東海テレビ昼ドラ「碧の海」セット撮影。4時間睡眠で一日中身体が重くしんどかった。やはり昼ドラは効率が優先なので1話だろうが10話だろうが、同じセットと役者が揃えばどんどん撮って行く。演じる人間としては感情の繋がりが難しい。プロなのでやらなければいけないのだが、本当に大変なドラマだ。撮影終わりで赤坂のクリニックにてブロック注射を今月も打ってもらった。来月は再び血液検査をする事になった。

5月19日

午後からママに頼まれて久しぶりに家中に掃除機を掛けたけど、やっぱりキレイにするのは気持ちええな。天気が良かったから少し汗ばんだけど、精神衛生上偶《たま》に良いかも。16時に明治座前で矢部太郎と待合せて五月花形歌舞伎『伊達の十役』を観た。4月に舞台『きりきり舞い』で御世話になった明治座の戸田さんに招待していただき、休憩中はVIPルームで軽食まで御馳走になり、最高の初歌舞伎観劇となった。市川染五郎の四十回超の早替りも見事で、ストーリーはよく分からないけど、3時間半を超える舞台は長く感じる事もなく堪能させてもらった。後から知ったのだが、イヤホンガイドを有料で借りれば100倍楽しめるとポスターに書いてあった。100分の1しか楽しめてなかったのか！

5月20日

今日は一日中仕事は無くて休みになった。11時頃に目が覚めたがまた咽が痛く、唾を飲み込むのも辛いので近所の病院で診察してもらった。この時期は気温の変化で咽風邪を引いてはぶり返す人が多いみたいで検査してもらったけど、質《たち》の悪い細菌ではなかったので良かった。強い抗生剤を出してもらった。どこにも出掛ける事無く一日が終わり体調も今一つでモヤモヤした一日だった。

5月21日

昨晩から降り続く雨がそろそろ梅雨の匂いを出していて、涼しいけど湿った空気は緑の葉っぱが鮮やかに生き生きと見える。熊谷真実さんに紹介してもらった渋谷の御申杖療法を受けに16時に治療室を訪ねた。金のツボ押し棒二本を全身に押し付けて摩擦する感じで、痛かったり気持ち良かったりで終わってからは力が抜けて身体が軽くなった。少し通ってみようかと思う。板尾組新作映画企画の『キッドアイラック！』の脚本をＴＢＳに出したら面白いと言ってもらい、上に通してもらう事になった。俺は一番いいと思うので良い結果が出る事を祈りたい。

5月22日

7時頃に目が覚めたらママがいなくて、10時頃にポコに起こされて一階に行ったらママがソファーで寝てた。聞いたらママは朝から川崎大師まで行って並び、10年に一度配られる有り難い赤札を貰ってきたらしい。一人一枚なので、夕方に再びポコを連れて川崎大師まで行って見事にゲットしてきたから凄い頭が下がる。英美の仏壇の上に誇らしげに「南無阿弥陀」と書かれた赤い札が3枚並んでいる。板尾家を邪悪なものから守りたまえ。

5月23日

今日からママとポコはママのお母さんと28日まで旅行に行ってしまったので、一人ぼっちになってしまった。13時15分お台場フジテレビ湾岸スタジオ入りでドラマ「極悪がんぼ」の収録。今日は全体的に撮影テンポが良くて、予定より二時間も早く21時過ぎに終わった。その後、麻布十番に行って、舞台『きりきり舞い』のキャストさん達と合流した。今夜は田中麗奈ちゃんと八十田勇一さんの誕生会で熊谷真実さんや吉沢悠君も参加し、深夜3時頃まで楽しい時を過ごした。真実さんプレゼンツの大阪堂島ロール特注のバースデーケーキは見事な出来栄えで感動だった。

5月24日

昼前に目が覚めて家の中が静かなので、ママとポコが居ない事を改めて感じた。ママに頼まれてたので、ポコのパンダと白クマのぬいぐるみを洗濯して干した。仕事に出るまでは「極悪がんぼ」第9話の台詞を覚える事に没頭した。この話は初めて出演シーンと台詞が多い。昼ドラの分も合わせて覚える量が多くて大変になってきた。17時、砧スタジオ入りで関西テレビ「推理対戦バラエティＤＡＲＥ？」の収録。前回の特番視聴率が良かったらしく、今回は30分枠の２本録りをした。上手く行けばレギュラーになりそうな勢いで、頼もしいソフトだ。23時過ぎに終わり帰宅。帰っても家の中が静かなのはやはり寂しい。ママとポコ早く帰って来ないかな……。

５月25日

今日でポコは1歳11ヶ月になった。お姉ちゃんの英美が生きた年月を越えた。ほっとしたり、切なくなったり複雑で表す言葉が見付からない。でも俺がやるべきことは明確だ。家族と共に幸せになる事だ。

５月26日

９時40分、羽田発の飛行機で沖縄那覇へ飛び、空港から車で約一時間半走って、恩納村のかりゆしビーチリゾートに到着。明日、明後日の二日間、東海テレビ昼ドラ「碧の海」の撮影。今日は前乗りで特にやる事も無く、来る途中に「楚辺」という店で沖縄そばを食べたりした。沖縄地方は梅雨で天気は悪く、夕方には雨が強く降って、涼しくなったら近所を散歩しようと思ってたけど叶わずだった。ホテルの周りには何も無いので、腹も減ってないのにホテル内のレストランで飯を食って、21時から部屋で「極悪がんぼ」第7話のオンエアを一人で観た。まあ、普段は東京でやらない事をしているのでいいかなと思う。

5月27日

9時前頃に自然と目が覚めて、ホテルのレストランで一人朝食を食べた。朝から激しい雨で、撮影本隊は出発したものの、結局撮れずホテルに戻ってきた様だった。そんな事があって、俺の予定してた夜のホテル内の撮影が前倒しで早まり、15時40分、支度部屋入りに変更となった。早くなった分、明日撮る予定のシーンも何シーンか入り、0時半過ぎまで頑張って撮り、明日のスケジュールが少し楽になった。明日ママとポコは家に帰って来るけど俺は明後日まで帰れない。早くママとポコに会いたい。

5月28日

6時40分ホテルのレストランで朝食を食べて、7時40分ホテル支度部屋入り、8時撮影開始でドラマ「碧の海」二日目。今日は朝から順調に予定通り撮影が進み、14時半頃に俺は本日の撮影が終わった。昨晩は実質4時間睡眠だったので、夕方6時までホテルの部屋で寝てしまった。夜は木村祐一と二人でホテル近くの寿司屋に晩飯を食べに行ったら、途中で監督の星田さんやカメラさん、プロデューサー等が偶然店に来て一緒に楽しい時間を過ごした。昼ドラは45話もあって深く描けるので、脚本家や演出家は面白い枠だろうなと思う。今回はそういう意味で楽しんで参加しているスタッフが多いので、役者としても作っていて楽しい刺激的な現場だ。

5月29日

8時過ぎに目覚めてホテルで朝食を食べて、出発まで部屋で昼寝したり台詞を覚えたりして過ごした。16時前にホテルを出て17時50分発の飛行機で東京に戻った。21時前に帰宅してママとポコの顔を見てホッと出来た。

5月30日

6時15分、自宅出発で木更津の現場に行ってドラマ「極悪がんぼ」のロケ。ワンシーンだけで8時半頃には終了、一旦帰宅し仮眠して食事して15時半出発で成城の東宝に16時に入り、映画『ａｔ Ｈｏｍｅ』の衣裳合せ。終わってから食堂で奥山プロデューサーと中林と3人で板尾組映画の軽い打合せ。ＴＢＳに企画が通るかもと伝えて動向を見守る事で同意した。その後フジテレビ湾岸スタジオに入り、19時半から「極悪がんぼ」の撮影再開。22時頃に終わり帰宅。今日は移動中もちょこちょこ仮眠したので眠れるか少し不安だ。

5月31日

12時半フジテレビお台場湾岸スタジオ入りでドラマ「極悪がんぼ」の収録。レギュラーキャストの皆さんと会うのが久しぶりな感じで少し新鮮だった。第9話演出の林監督が体調不良で入院されて急遽石井監督にバトンタッチとなった。自分も休めるときは充分に体を休めないと、役者は代わりが居ないので気を付けないとプロ失格だ。休むのも仕事だと思わないといけない。19時半過ぎに終わり一旦帰宅して食事をしてから、23時、渋谷ＮＨＫ入りで「ケータイ大喜利」の生放送。1時半頃に帰宅。明日もドラマで朝早いので、さっさと寝る事にする。

6月

6月1日

7時25分、自宅出発で木更津の現場に行ってドラマ「極悪がんぼ」の撮影。4時間睡眠に気温30度の中でのロケはキツいものがあり、説明台詞も多かったので大変な一日だった。18時頃に終わりアクアラインを渡って帰宅。第9話が埋まってホッとするのも束の間で、明日は朝からまた昼ドラの沖縄ロケだ。泊まりの用意をする体が重い……。

6月2日

6時25分、羽田発の飛行機で那覇へ飛んで、今日から再び二泊三日で東海テレビ昼ドラ「碧の海」の沖縄ロケ。今日は古宇利島に渡り、マリンブルーの海バックでの撮影で沖縄らしい、俺的には初めての絵だった。キム兄、川田、成樹さんと吉本勢が多くて暑かったけど楽しい撮影だった。夜にママから連絡があって、ポコが39度の熱を出したとの事だった。風邪の症状的な感じは全く無くて、熱だけが高いので変に心配で不安だ。遠く離れているから余計に気になって仕様が無い。英美の事が頭を過《よぎ》る。ジェット機で飛んで帰りたい！

6月3日

８時半に目が覚めてホテルのレストランで一人で朝食を食べた。再び部屋で11時前まで二度寝を楽しんで、増本と二人でホテルロビーのラウンジテラスでアイスコーヒーを飲みながらダラダラと喋った。その後13時半にホテル支度部屋で着替えとメイクをして本日もドラマの撮影が始まった。順調に進み、予定の20時に俺の出番は終わり、増本と二人でレンタカーを借りて「パブラウンジエメラルド」という店でステーキを食べた。一昨年の映画祭の時に来た店で、味と値段はやはり裏切らない店だった。一旦ホテルに戻り、ガレッジの川田を乗せて「海風よ」というホテル近所の店で1時半頃まで３人で楽しく飲んで帰った。久しぶりに強いカシスソーダを飲んで頭がクラクラした。本日で二回目の沖縄ロケが俺は終わり、次回は7月前半にまた来る。その頃は梅雨明けでもっと暑いのだろう。ママに電話したら、ポコの熱はウソの様に下がって元気を取り戻していた。今日はそれが一番嬉しかった。

6月4日

9時半にホテルのプライベートビーチに増本と二人で行って、フライボードを体験した。30分間だけど梅雨の中休みの青空の下でのマリンスポーツは開放感全開で楽しかった。今日は本当にカラッと晴れて爽やかな沖縄で、最終日の夕方までの自由時間を楽しく過ごす事が出来た。那覇で食べた大東そばは旨かったし、アウトレットでポコのクロックスの靴やラルフローレンのワンピース、GAPのTシャツ、ロンT、スエットなど5、6点お土産で買ってしまった。18時の飛行機で那覇から羽田に飛んで20時過ぎに到着。21時前に帰宅出来た。元気になったポコとママの顔を見る事が出来て安心した。今夜は自分のベッドで眠れるのが嬉しい。

6月5日

昼過ぎまでベッドに居てゆっくり寝る事が出来た。ポコはまだ少し熱があるみたいだが元気で、ママを朝から困らせていたみたいだ。15時フジテレビお台場湾岸スタジオ入りでドラマ「極悪がんぼ」の収録。予定より早く21時前に終わり帰宅。関東地方は今日から梅雨入りしたらしく、ロケ泣かせの季節になった。このドラマもあと2話の収録のみで、終わりがそろそろ見えてきた。

6月6日

11時過ぎに起きて家で昼食を食べて、13時45分、中央区明石町の現場入りでドラマ「極悪がんぼ」の撮影。梅雨に入った途端に雨が昨日からずっと降り続いている。河毛監督の現場はテンポが良くて、予定されていた屋外のシーンもカットになり、一時間早く終わった。帰りに日本橋髙島屋のナチュラルハウスでヨーグルトや卵、牛乳等を買って帰った。ポコは熱は下がったけど、咳と鼻水が酷く、風邪の症状だ。雨で散歩も行けないし可哀相だな……。

6月7日

今日もずっと雨が降り続いている。「銀河鉄道999」に出てきた、ずっと雨が降ってる惑星を思い出す。親子3人起きたり寝たりダラダラとベッドの上で昼過ぎまで過ごし、なんか幸せで大切な時間だった様な気がする。ドラマ「極悪がんぼ」の現場が一時間巻いて、予定より一時間程早く14時15分にフジテレビお台場湾岸スタジオに入った。終わりも早く、1時間45分早く18時半にスタジオを出られた。一旦帰宅し、夕食を食べて23時、渋谷NHK入りで「ケータイ大喜利」の生放送。1時半頃に帰宅した。まだ雨は降り続いている。

6月8日

今日も昼まで家族3人ベッドでダラダラしてゴロゴロしてた。相変わらず雨は降り続いている。昼は十割蕎麦をママの分も茹でて、きつね蕎麦を食べた。14時45分、恵比寿の現場入りでドラマ「極悪がんぼ」のロケ。2年前にWOWOWのドラマ「プラチナタウン」の時にロケした場所で懐かしかった。思えばその時にポコが生まれて、檀れいさんに出産祝いを頂いたのを思い出して、時の流れを感じた。以前に英美と同じ様に子供を亡くされた方から手紙が来て、新しい命がもうすぐ生まれるという報告だった。大分前向きになられた様子が伝わってきて本当に良かったと思う。同じ様な辛い思いをした方には、少しでも元気になってもらいたいと思う。「24時間テレビ」に出て良かったとも思う。無事に元気な赤ちゃんが誕生する事を心から祈ります。

6月9日

8時半フジテレビお台場湾岸スタジオ入りでドラマ「極悪がんぼ」の収録。第10話の見せ場の長いシーン57を4時間掛けて撮り、俺は皆より一足先に10話が埋まった。その後、世田谷砧スタジオに15時入りで関西テレビ「推理対戦バラエティDARE?」の2本録り。今回の収録で一区切り付き、評判や視聴率が良ければ、また次の機会もありそうな番組。深夜のバラエティーとしては面白くて合格ラインに達していると思うけど、結果はどうなんだろ？ 22時過ぎに終わり帰宅。今日は可也疲れたのでよく眠れそうだ。

6月10日

8時半、砧スタジオ国際放映入りで、昼ドラ「碧の海」の収録。沖縄ロケ以来、久しぶりにスタッフや監督、キャストに会った。ちょっとしたアクションシーンで膝をテーブルの角にぶつけてしまい可也痛くて湿布して応急手当。明日は多分歩くのが辛そうだ。15時頃に終わり、13日に撮影予定の蝶野組映画『at Home』の台本を読んで台詞をチェックしたり準備。この映画は音楽のチョイスを間違えると残念な感じになるやろなと思った。監督がんばれ！

6月11日

11時半頃にベッドから出たら膝が痛くて、昨日の撮影で膝をセットのテーブルにぶつけたのを思い出した。可也歩行困難で、階段を下りるのに一苦労した。昼ドラで岩城滉一さんが途中で死んでしまうので、俺の負担が大きくなってきた。今は映画とＷＯＷＯＷの台本を含めて４作品の本が手元にあって落ち着かない。やっぱり俺は掛け持ちが性に合わないみたいだ。

6月12日

今日は一日仕事が休みで昼過ぎまで一人ベッドでダラダラした。一人で昼御飯を食べて、明日の撮影準備で台本を読んだり台詞を覚えたりした。夕方5時頃にママの代わりにポコを保育園に迎えに行った。帰りは雨も止んでいたので二人で散歩がてら2駅程歩いた。最初は色々とお話ししていたが、途中は疲れたのか眠ってしまった。夜は家でママの御飯を食べて３人でワイワイ遊んで楽しい一日だった。明日からまた仕事頑張ろう。

6月13日

8時半、目黒のハウススタジオ入りで蝶野組映画『at Home』の初日撮影。今日一日の撮影で俺は終わってしまう、ポイント起用された俺の得意な仕事ではある。客観的に見て、俺はこんな使われ方が一番合ってる様に思う。夜までは順調に撮影が進んだが、カメラさんが少しケガをして病院に行かれたので待ちがあって、終わりがちょっと遅くなった。帰宅したらザ・リアルマッコイズの辻本さんからポコに浴衣と絞りの赤い帯が届いていた。すべて手縫いの高級浴衣とシルクの帯で恐縮した。サクランボの可愛い柄でポコは昨晩初めてサクランボを食べて覚えたのか「チェリーチェリー」と指を差して喜んでいた。辻本さんにはいつもポコを自分の孫の様に気に掛けていただいて、本当に嬉しい様な有り難い様な幸せな気持ちに夫婦でなっている。ポコは今月25日で2歳になる。素敵な誕生日プレゼントになった。辻本さん有り難うございました。

6月14日

8時20分フジテレビお台場湾岸スタジオ入りでドラマ「極悪がんぼ」の収録。いよいよ最終話に入り、なんとなくこの作品が愛おしく思えてきた。本日のスタジオ収録で豊臣嫌太郎役の宮藤官九郎が全編オールアップしていった。その後木更津ロケに行って、俺は2

シーン撮って皆より先に終わり、一旦帰宅。一時間程仮眠し、ママの作った夕食を食べて、23時、渋谷NHK入りで「ケータイ大喜利」の生放送。いつもの様に1時半頃に帰宅。明日は丸一日仕事が休みで嬉しい。いっぱい寝たい。

6月15日

10時、目覚まし時計を合わせてサッカーワールドカップ日本対コートジボワール戦をベッドの中から観た。1－2で負けてしまったけど、本田のゴールは俺にとっては正に目の覚める一瞬だった。丁度試合が終わったタイミングにママから電話があり、近所の中華料理屋さんのランチに誘われて一人で歩いて店に行った。おばあちゃんとポコとママと4人で御飯を食べてから、帰りにスーパーで買い物をして家に帰った。その後、家で日曜の昼下がりに昼寝をして穏やかな時間を過ごした。夕食はママの手作り野菜ヘルシー料理を食べて、優しい満腹感を味わった。今夜は早く寝て、明日のハードな仕事に備えよう。

6月16日

8時50分お台場フジテレビ湾岸スタジオ入りでドラマ「極悪がんぼ」のスタジオ収録。

本日でメインセットである小清水経営コンサルタントでの撮影が最後となり、いよいよ終演の近付きを感じた。13時前に収録が終わり、少し早めに世田谷の砧スタジオに入り、東海テレビ昼ドラ「碧の海」の収録。本日から設定が14年後に変わって、娘役が15歳のNMB48の城恵理子から奥菜恵さんに変わったので最初は少し戸惑いがあった。休憩中に良い知らせが二つあった。年末の舞台『ロンドン版ショーシャンクの空に』の出演決定がようやく出た！　NHKの「ケータイ大喜利」仙台公開収録がスケジュール的に一つ引っ掛かっていて、それがクリアーになった事と、「ライトニング」という雑誌からザ・リアルマッコイズの取材があると辻本さんから電話で聞いた事だ。今日は深夜までドラマ掛け持ちでしんどかったけど、この話で大分元気が出て最後まで乗り切れた。英美ちゃん、妹のポコはもうすぐ2歳になるよ！

6月17日

昨晩寝たのが4時を過ぎてたので、目が覚めたのが12時半頃だった。体が怠くてスッキリしない。この歳になると徹夜に近い仕事は若い頃と違って段々とキツくなってくる。17時お台場フジテレビ湾岸スタジオ入りでドラマ「極悪がんぼ」の収録。遅い入りで今日は体力的に助かった。22時半頃に収録は終わり、今日でスタジオでの撮影が全部終わり、ALL UP！　となった。あと二日のロケで芝居部分の撮影も埋まり、俳優部は全員UPする。最後まで手を抜かず、全力で頑張ろうと思う。

6月18日

9時半、木更津の現場入りでドラマ「極悪がんぼ」のロケ。雨が心配だったけど小降りでなんとか撮影出来て良かった。最終話ゲストで篠井英介さん、武田鉄矢さんが出演で、今回絡みのシーンは無いけど、早い機会にまた会えて嬉しかった。病室のシーン終わりで小清水元役の小林薫さんが全編オールアップとなった。いよいよ俺達レギュラーメンバーも明日でアップだ。

6月19日

6時10分、自宅出発で横浜の現場に入り、ドラマ「極悪がんぼ」のロケをワンシーンだけやって、9時頃に一旦帰宅した。昼ドラ「碧の海」第一週目の完パケDVDを出発の時間まで観た。フレッシュな若手俳優の芝居が観ていて少し恥ずかしかった。11時34分、品川発の新幹線こだま号で熱海まで行って乗り換え、スーパービュー踊り子5号で伊豆急下田に13時29分に着いた。そこから再びドラマ「極悪がんぼ」の現場に入った。最終話のラストシーンのロケを丁寧に行い、17時半頃に全編クランクアップになった。思えば舞台や映画や他のドラマと重なりながらもよくやったと自分では思うし、よくやれたなとも思う。腐っても月9だと思うし、参加出来た事に大きな意味があったと俺は思う。このドラマに関わった全ての人達、本当にお疲れ様でした。

6月20日

12時半、世田谷砧スタジオ入りで東海テレビ昼ドラマ「碧の海」の制作発表。記者を前に挨拶し、意気込みを語り、フォトセッションを行った。30日から放送が始まるので、収録がオンエアとの追い掛け合いになっていくのが目に見えて恐ろしい。14時半頃にスタジオを出て帝国ホテルのラウンジにて「キネマ旬報」のインタビュー取材を2時間程行った。今回で最終回となり、約2年で50回近い連載が終わった。この「板尾プロット」をまとめて書籍化してくれるらしいので、毎月コツコツとやってきた甲斐があったというものだ。しかもＮＨＫラジオで「板尾シネマ」第二回目の放送も決まったみたいだし嬉しい。明日から昼ドラ怒濤のスタジオ収録2日間で、間に「ケータイ大喜利」の生も入っていて大変だ。台詞も覚えないといけないが、ある程度寝とかないと本末転倒だ。

6月21日

8時半、世田谷砧スタジオ入りで東海テレビ「碧の海」の収録。本日は小館興産社長室と、その廊下を19時過ぎまでで17シーン撮った。一日に撮るシーン数の多さと大量の台詞に疲労困憊だった。一旦帰宅して食事をして明日の台詞を覚える作業等をして、23時、渋谷のＮＨＫ入りで「ケータイ大喜利」の生放送。1時半頃にやっと帰宅した。さっさと寝れば7時間は睡眠が取れる。台本を読むより寝る方が勝ちのような気がする。

6月22日

11時半、世田谷砧スタジオ入りで東海テレビ昼ドラマ「碧の海」の収録。本日を以て小館裕一郎役の岩城滉一さんが全編撮影オールアップとなった。物語の中盤で岩城さんは死ぬ設定なので、早くもお別れで現場は寂しくなる。そして俺の役どころの出番が増え、大変な撮影になってくるのが恐い。18時過ぎに俺は撮影が終わり、舞台『隠蔽捜査』で共演し、その後家族の住むフランスに行っていた小林十市くんが一時帰国しているので、囲む会に参加した。新宿の店で舞台関係者の皆とも再会し、楽しい時間を過ごした。小林君は元気そうで良かったけど、やっぱり日本人なので日本が恋しいみたいだった。

6月23日

昼前に起きて御飯を食べて神田の運転免許更新センターに行って、免許証の更新を行った。ゴールド優良免許なので、手数料も安く講習時間も短くて助かった。その後、18時半から銀座でフジテレビ月曜9時ドラマ「極悪がんぼ」の打上げに参加した。思えば他に多数の現場と掛け持ちしながらも、何のストレスも無く出来た本当に居心地良い現場だった。ドラマ制作のプロ達が肩に力を入れずさらっと粋に仕上げた仕事だったように思う。小林薫さんや三浦友和さん等先輩が多かったのも安心感があって心地良かった。数字は振るわなかったけど、匂いは放った良き企画だったと俺は思う。御一同様、本当にお疲れ様でした。

6月24日

ママが昨晩39度の熱を出して今朝病院で点滴を打った。風邪の様だがこの季節なので余程免疫が落ちているんだろうか、心配だ。甲状腺の手術をしてから体が弱くなった気がする。13時、世田谷砧スタジオ入りでYTV「秘密のケンミンSHOW」にゲスト出演。大阪代表で西川きよし師匠の隣に座った。神戸の漬け物サンドが旨かった。その後歩いて隣のスタジオに行き、東海テレビ昼ドラ「碧の海」の撮影。撮り零していた30話の4シーンだけを撮り、本日の俺は終了した。今日の東京はゴロゴロと雷が鳴る不安定な天気で時に強い雨が降り、大荒れの一日だった。19時頃に帰宅。明日はポコの2歳の誕生日だ。

6月25日

13時から表参道で髪を切った。なかなか行けなくて今日やっと切れて気持ちはスッキリしたけど、ドラマの繋がり的には微妙な長さになってしまった。今日はポコの2歳の誕生日。英美の事を考えると感無量だ。お姉ちゃんがなれなかった2歳に妹がなり、嬉しくて切なくて愛おしい日だった。ママのお父さんお母さんも家に来て皆で鰻丼を食べて、ケーキにロウソクを2本立ててお祝いをした。大阪のおじいちゃんおばあちゃんからはサクランボが届いてポコは大喜びだった。ポコは英美の生き写しの様に似てる所があり、偶《たま》にドキッとする時がある。英美の分もポコは可愛い。ポコ一人で二人分可愛い。

6月26日

昼過ぎまで寝て、3時頃から5時過ぎまでポコと二人でお留守番した。みっちりとポコが今気に入っている飯事《ままごと》セットでの遊びに付き合った。お飯事は50歳にして初めての経験だと思う。18時に増本庄一郎が迎えに来てくれて、六本木ヒルズTOHOシネマズに行き、映画『オール・ユー・ニード・イズ・キル』のジャパンプレミアを二人で観た。正直3Dで観ると奥の背景や人物がピンボケでストレスがあるので少し損した気分。それより舞台挨拶に登壇した生トム・クルーズの彫の深い顔こそが実はリアル3Dなんだなと思ったりした。帰りのエレベーター前で内藤剛志さん御夫妻とお会いした。仲良さそうで微笑ましかった。

6月27日

朝5時頃にポコに起こされ、そのまま寝ずに8時、世田谷砧スタジオ入りで東海テレビ昼ドラ「碧の海」の収録。とにかく眠くて睡魔と戦いながらの撮影だった。16時過ぎに本日の俺のシーンは終了して、楽屋でフジテレビ「バイキング」の打合せ。このドラマの番宣で出演する事になった。その後、江東区辰巳のＷＯＷＯＷ放送センターに入り、20時から22時まで「金曜カーソル」の生放送。残念ながら予算的な問題でこの番組は９月いっぱいで終了する事になった。23時前に帰宅。

６月28日

12時、世田谷砧スタジオ入りで東海テレビ昼ドラマ「碧の海」の収録。今日は午後からでシーンも３つで楽なスケジュールで体力的に助かった。西川きよし師匠から、ポコの誕生日祝いにと色々な風船をデコレーションした物を送ってもらった。ポコはカワイイ大きな風船の把《わ》に大喜びで、いいバースデープレゼントだった。師匠に電話をして御礼を言った。18時頃に帰宅。家で久しぶりに晩御飯を食べた気がする。

６月29日

７時10分、自宅出発で横浜港北の現場入りし、東海テレビ昼ドラマ「碧の海」のロケ。ワンシーン撮って、世田谷砧スタジオに戻り、もうワンシーン撮って本日の俺の出番は終わった。その後、赤坂見附に行って一人で蕎麦を食べ、カフェでアイスコーヒーを飲んで、13時からクリニックで血液検査とブロック注射を行った。肝臓など諸々の数値が少しは良くなっていればいいのだけれど……。昼ドラの沖縄ロケが無くなったので、今週は休みが多く暇になりそうで嬉しい。特に何をするんでもないが……。

6月30日

今日は完全に一日仕事は休みでゆったりと過ごせた感じだ。夕方にママの代わりにポコを保育園にお迎えに行って、帰りは少し遠回りして散歩しながら帰宅した。今夜も家でママの御飯を食べられて幸せだった。今年も一年の半分が早くも終わってしまい、禁煙も今日で六ヶ月経った。いまだに一日数回は吸いたい気持ちになるけど、直ぐにタバコの事は忘れてしまうので体から大分ニコチンが抜けたのだろうと思う。そういえばタバコ吸ってる夢も見なくなった。

7月

7月1日

11時フジテレビ入りで「バイキング」にゲスト出演。エンディングで、オンエアが始まった同局系列の昼ドラ「碧の海」の番宣をした。17時に東陽町の「うなよし」を予約してママとポコと大宮エリーと鰻を食べた。大宮とは長い間会っていなくて、久しぶりに家にも来て少し話も出来たので今日は良かった。

7月2日

今日は一日カラッと晴れていい天気で気持ち良かった。仕事は休みで特に何もせずのんびりと過ごせた。午後にポコと少し散歩に行って楽しかった。夏はこれ以上暑くならず、こんな日が週一回あればいいなと思った。

7月3日

10時、東武線浅草駅でチャド・マレーンと吉本俳優部の中野公美子と待合せてＫＲＣまで乗馬に行った。二人は初体験で、俺は引率の先生って感じで特急りょうもう９号で足利市に11時半に着いた。クラブの会員さんの岡田さんが駅まで車で迎えに来て下さって恐縮した。今年初めて、約９ヶ月振りに乗馬をした感じだが、習い始めた頃は数ヶ月乗らないと直ぐに元に戻ってしまい、下手クソになっていたが、車と同じで一度身に付いてしまえば長い間乗っていなくても以前のレベルで直ぐに乗れる感じが今日は心地良かった。騎乗中は集中出来るし、同時にリラックスもしてるいいバランスで、心も体も癒されて今日は本当に行って良かった。後輩二人も喜んでいたし、プリンス号にも久しぶりに会えたし、師匠も喜んでいたし、幸せな一日だった。また偶にこんな日が来ますように……。

７月４日

ママの誕生日。お昼にママとポコと３人でバースデーケーキにロウソクを４本立ててお祝いをした。ママ曰く、ママとパパと英美とポコで４本のロウソクだそうだ。ポコは完全に自分の誕生日だと思ってバースデーソングを唄っていたと思う。18時20分、江東区辰巳のＷＯＷＯＷ放送センター入りで「金曜カーソル」の生放送。先週に続いてのＭＣで今となっては週替わりではなくなった……。22時40分頃に帰宅した。今日からポコはおじいちゃんの家に二日間お泊まりで、家の中はママと二人。静かで少し寂しい感じだ。ポコはいい子でもう寝たかな？　そんな事を思う……。

7月5日

朝起きたらママと二人きりで家の中は静かで自分の家じゃないみたいだった。二人共にいつもよりやりたい事は捗るけど、ポコの声がしないのはやはり寂しい。昼は俺が蕎麦を茹でて二人で食べて、夕方から日本橋まで二人で買い物に行って、夜は銀座でママがオススメのイタリアンを予約して、一日遅いけど誕生日デートをした。帰り道に横断歩道を渡る時久しぶりに手を繋いだ。

7月6日

11時頃に起きて昼食を食べて、家でのんびりとテレビを見てたら、ポコがおじいちゃんの車で帰って来た。二日間居なかっただけやけど寂しくて愛おしかった。15時半、江東区南砂の松竹衣裳入りでＷＯＷＯＷ連続ドラマＷ鈴木浩介組「株価暴落」の衣裳合せ。警部補役なのでダークなスーツをネクタイ無しで一着合せて終わった。警察手帳の写真を撮って終了した。本日の仕事はこれで全て終わり、真っ直ぐ帰宅した。思えばこの2年間でWOWOWの鈴木組は4本目になる。余程縁があるんだろうか、誠に有り難い事である。昼ドラと重なってしまうが、こちらも精一杯頑張ろうと思う。

7月7日

今日は12時頃まで寝て、13時過ぎに東銀座でママと待合せて京風の焼肉の店でランチを食べた。その後、三越、髙島屋で少し買い物をしてポコを保育園に迎えに行って、3人で帰宅した。夕食は家で食べ、ママとポコが寝て静かになった中でドラマの台詞を覚える作業。今夜はワールドカップのサッカー中継が無いので、誘惑が無く集中出来た。それにしても台詞というのは、この仕事をしてる限り覚えても覚えても次から次へと覚えなきゃいけない。この作業だけは一度も楽しいと思った事が無い。

7月8日

台風8号の影響で、晴れているけど蒸して不快な空気の一日だった。10時頃から今日もポコと二人でお留守番をした。御飯を食べさせて昼寝させた。夕方に平尾良樹が遊びに来て、予約してあったポコの歯医者に3人で行った。夜はママも帰って来て4人で先週も行った東陽町の「うなよし」にまた鰻を食べに行った。その後ママとポコは一足先に帰って、平尾と近所の珈琲館で小一時間程お茶をしながら平尾の辛い話を聞いた。友達だから平尾の事はよく分かる。聞いたら平尾らしいなと思い安心もした。本人らしいという事は本人そのもので変わりないという事なので、いいのだと思った、話を聞くだけで……。

7月9日

10時からママとポコと3人で、区がやってる子供向けの親子コンサートの様な物に雨の中行った。ポコは大燥《はしゃ》ぎで大喜びで、連れていってやって良かったと思った。その後ポコは疲れたのか帰り道のベビーカーの中から3時間も昼寝をした。15時頃に酒井若菜と保険屋さんが同時ぐらいに来て、家の中が急に活気を帯びた様になった。タバコを止めて6ヶ月経ったので、月々の保険料がグッと下がり安くなった。彼女と会うのは本当に久しぶりで、不安だった舞台の仕事をクリアーしたので、前に会った時より少しどっしりした感じがあった。ポコと沢山遊んでくれて、ポコはお姉さんと飯事が出来て楽しそうだった。今日も蒸し暑い一日だったけど、我が家はクーラーをこの夏まだ一度も動かしていない。でも俺はそろそろ限界かも。

7月10日

16時、有楽町集合で映画『ゴジラ』ジャパンプレミア試写会にKRCの日馬師匠を筆頭に、KRC会長、会員の岡田さん、佐藤さん、増本、佐野、平尾、遅れて矢部が合流し映画に感動しながら朝の5時半頃までワイワイと喋り集った。渡辺謙さんにも挨拶出来たし、武田鉄矢さん、佐野史郎さん、忽那汐里にも会った。5000人を超える観客の前でゴジラはスターであり、ヒーローで、ファーストカットでは場内に拍手が起こった。映画も素晴らしかったけどMCの伊藤さとりさんもプロフェッショナルで良かったです。

7月11日

13時頃に起きたらママもポコも居なくて家の中は静かだった。台風一過で気温湿度共に高く、御飯を食べたら汗だくになり、シャワーを浴びた。これはそろそろクーラーの出番も近いと思い、家中の窓を開けて家中のクーラーを数十分作動させていつでも使えるようにスタンバイはしておいた。あとはママと相談だ。20時、世田谷TMC入りで東海テレビ昼帯ドラマ「碧の海」の収録。本隊は沖縄ロケに行っていたので、久しぶりのスタジオ収録の再開だった。第6週の26話から30話で、全体の半分を過ぎて、あと一ヶ月弱で終わるのかなという感じ。1時頃に今日は終了して帰宅。明日も同じ仕事で同じ現場だ。

7月12日

10時20分、世田谷TMC入りで昨日に続き東海テレビ昼帯ドラマ「碧の海」のスタジオ収録。日中は気温が30度を超えて、日差しも強く夏が来たという感じで、今日は屋内で助かった。18時過ぎに俺の収録は終わり、これで第6週30話までが全て埋まった。その後TMC一階の「今昔庵」にてドラマ公式ホームページの取材を30分程受けた。一旦帰宅し、一時間仮眠して夕食を食べて、23時、渋谷NHK入りで「ケータイ大喜利」の生放送。1時半頃に帰宅。

7月13日

朝からママとポコはおばあちゃんの家に二泊三日で行ってしまい、昼過ぎに起きたら家の中が静かだった。飯を食って少しまったりしてから、夜まで覚えないといけないドラマの台詞を頭に入れた。夜中に増本庄一郎の事務所に平尾、チャド、佐野などが集まってサッカーワールドカップ決勝戦ドイツ対アルゼンチンを皆でワイワイ言いながら観戦して楽しかった。結果は1－0でドイツの優勝で、応援してたので嬉しかった。朝の7時過ぎにタクシーに乗って帰宅。偶にはこんなスポーツ観戦もいいなと思った。

7月14日

1時半過ぎに暑くて目が覚めた。蕎麦を自分で茹でて昼食にした。16時から近所の整体に今年初めて行った。右肩から肘にかけて痛みが強く、調整してもらったら少し楽になった。帰宅して明日のドラマ収録の準備をして、夜は一人なので駅前に御飯を食べに行った。ママから電話があり、ポコとも少し話した。ポコは大分会話が出来るようになり、ついつい長電話になってしまった。明日の夜は可愛い寝顔が見られるかな？

7月15日

12時、世田谷TMC入りで東海テレビ昼帯ドラマ「碧の海」の収録。撮影も後半戦に入ってきて、中身がどうこうというより、毎日朝早くから夜遅くまで追い立てる様に収録していくのがどうも違う気がする。芝居も固まらないうちに本番に行くし、技術的な失敗も少々OKなので上がりが非常に悪く、オンエアを観ていると自分が恥ずかしくなる。思いたくないが、昼ドラはいつまで経ってもその程度の視聴者に向けてその程度の作品を作っているのか……。

7月16日

明日、胃と腸のカメラを飲むので、今日の朝食から玄米とヨーグルトは食べてはいけなかったのにうっかりと食べてしまった。大丈夫かな？　少し不安……。９時半、世田谷TMC入りで東海テレビ昼ドラ「碧の海」の収録。本日はスタジオの周りで簡単なロケを行った。昼食は気を付けて食物繊維の入ってないカレー蕎麦と白い御飯を食べた。夜からは絶食で、夕御飯なしで粉薬の下剤を１３００ml飲んで、腸の中が空っぽになるまで何回も排便を繰り返した。腹が減ってきたけど、明日の昼に検査が終わるまで何も食べられないのでさっさと寝るしかない。英美ちゃん、あと一ヶ月で命日やね。

7月17日

9時から赤坂胃腸クリニックでママと二人、胃と腸の内視鏡検査を受けた。全身麻酔で、目覚めたのが二人共11時過ぎで二時間程気を失ってた感じで気持ち良かった。二人共にポリープも無く、大きな問題は無く、また二年後に受ける事になった。その後、赤坂サカス内でイタリアンのランチを食べて、13時過ぎに別れて俺は仕事に行った。新宿14時発特急スーパーあずさ19号で甲府に行って、WOWOW連ドラW「株価暴落」の撮影初日。明日俺が誕生日なのでスタッフ一同からプレゼントを頂いた。甲府18時56分発の特急かいじで帰京。しかし甲府は盆地なので暑かった。でも盆地って客観的に引いて見ると日本のエクボみたいで可愛いねん。

7月18日

8時45分、世田谷TMC入りで東海テレビ昼帯ドラマ「碧の海」のスタジオ収録、今日は51歳の誕生日だったので収録の合間にバースデーケーキで皆にお祝いしてもらった。収録はスピード収録の星田監督なので、本日は予定時刻より4時間半も早く終わり、19時過ぎに帰宅出来た。ケーキも頂いたので急遽ママとポコと3人で誕生日会も出来た。ママが、こんな事もあろうかと俺の好きな鮎を塩焼きにしてくれて立派な誕生日の夜になった。ポコが一番喜んでいたのが可愛らしかった。

7月19日

11時過ぎに起きて御飯を食べて、ママとポコの御守を交代した。少し眠そうだったのでベビーカーに乗せて外に出たら5分もしないうちに寝てしまい、雨もパラパラ来たので家に帰り、自分のベッドに寝かせた。最近はベビーカーに乗ると寝る癖が付いてしまった様だ。14時40分お台場フジテレビ湾岸スタジオ入りで「ネプリーグ」の収録。昼帯ドラマ「碧の海」の番宣でパンサー尾形、ほっしゃん。、徳山秀典と共に出場した。成績は最下位だったが、笑いも多く良いドラマの宣伝にはなったと思う。一旦帰宅して夕食を食べ、23時10分、渋谷NHK入りで「ケータイ大喜利」の生放送。本日は放送時間がいつもより遅く、35分間のショートバージョンだった。生の35分はあっと言う間で、仕事をした気にはならなかった。1時半頃に帰宅。今日は一日曇り時々雨の天気で涼しく過ごしやすかった。

7月20日

14時45分、板橋区の現場入りでWOWOW連ドラW「株価暴落」の撮影。来た事があると思ったら「家族ゲーム」のドラマのロケで一度お邪魔した所で懐かしかった。主演の織田裕二君とは初対面初共演で新鮮な空気だった。長いシーンもあったけど順調に進み、夕食前に本日の予定は終了、2時間半ぐらい早く終わった。その後タクシーで池袋サンシャイン劇場に行って矢部太郎と合流し、舞台『夕』に出演中の南キャンのしずちゃんが終わるのを待って3人で田中麗奈が待っている恵比寿のモツ鍋屋に移動した。久しぶりに舞台『きりきり舞い』のメンバーで楽しく飯を食った。サプライズで麗奈ちゃんがバースデーケーキを用意してくれて嬉しかった。後輩の矢部としずちゃんにも食事代を出してもらったりで皆にお祝いしてもらった。51のおっさんは嬉し恥ずかしの恵比寿の夜だった。

7月21日

昼過ぎまでゆっくりと寝て、目を覚ますとママとポコは居なくて夕方にポコは銀座で髪の毛を切って帰って来た。店の女性スタッフが全員白い服だったので、ポコは歯医者さんと勘違いした様で、大泣きして口を大きく開けたらしい。でも店長さんに切ってもらい、御満悦で帰って来て可愛かった。

7月22日

9時半、世田谷TMC入りで東海テレビ昼帯ドラマ「碧の海」のスタジオ収録。11時前に中空きになったので、砧から祖師谷まで歩いて、前から行きたかった「キッチンマカベ」という洋食屋で生姜焼き定食と山葡萄のジュースを飲んだ。その後、駅前の「世田谷珈琲游」でマンデリンと小さいチョコレートケーキを食べた。午後からは残り3シーンを夕休を挟まずに撮って本日の俺は終了した。第7週も俺は全て埋まり、36話から45話を残す所となった。順調に進めば31日の夜に俺はオールアップになる予定だ。それにしても東京は梅雨明けしたのかな？

7月23日

11時半、新宿発特急かいじ105号に乗り、石和温泉駅に13時2分着でWOWOWドラマW「株価暴落」の撮影。38度の暑い中、渋谷区笹塚のスーパーマーケットの設定でのロケ。笹塚というワードだけで英美を思い出してしまう。もうすぐ大嫌いな8月やし……。帰りは予定してた列車に乗れずで、その代わり甲府からスーパーあずさ28号に乗れて少し嬉しかった。19時35分、新宿に着いて20時過ぎに帰宅。車内で寝なかったし、今夜はよく眠れそうだ。

7月24日

昨晩から咽が少し痛く咳も出るので、朝から近所の病院に行った。案の定、咽が赤く、抗生物質を出してもらった。12時、中野駅北口で木下ほうか、矢部太郎と待合せして中野ブロードウェイにある時計屋にロレックス・サブマリーナをオーバーホールに出しに行った。木下ほうかがロレックスに詳しく、信用出来る店を紹介してもらった。月末には帰って来るけど、癖で見てしまうと左手が寂しい。夜は矢部太郎と二人で『渇き。』という映画を品川で観た。役者さんは全員良かった。特に役所広司さんの気持ちの繋がりのレベルの高さには感服させられる。中谷美紀の演じる、娘を持つ先生の気持ちだけは理解出来たけど、他の人達のそこに至るまでの気持ちの経過が殆ど分からない映画だった。謎があるので最後まで観られてはしまうのだが……。小松菜奈はブレイクするやろな。一番印象に残る光り方をしていた。あと役所さんの飯の食い方、韓国のソン・ガンホを思い出すよい食べっぷりで好きだった。

7月25日

朝起きたら咽が痛く、唾を飲むと右耳奥までも痛みがあり、可也酷い状態だ。でもまぁ、薬が効く事を願うしかないので、飯を食って食後に飲んだ。14時から品川駅近くのルノアールで一時間程ザ・プラン9の久馬と軽い打合せ。俺からの提案で、歌舞伎の「伊達の十役」からの思い付きで俺主演で早替わりで十の役をやる喜劇が出来ないもんかと今回久馬にプロットを書いてもらった。久馬と話していて何か出来そうな気が今日はした。15時半、世田谷TMC入りで東海テレビ昼帯ドラマ「碧の海」のスタジオ収録。咽の腫れで声が少し変で申し訳無い感じだった。ポコも咳をしてるので、ママに移らない事を祈りたい。21時頃に帰宅。

7月26日

朝起きてもまだ咽の痛みもあり咳も出る。強いのを貰ったけど、抗生物質効いてんのかな？　ママも午前中にポコと病院行ったら同じ様な感じでポコも咽が赤くて家族で病気になった。17時15分にカットを予約してたので表参道まで髪だけは切りに行って帰りに紀ノ国屋で頼まれた買い物をして帰宅した。夜になって薬を飲まないと咳が止まらなくなり、段々と不安になってきた。安静にして寝るしかないな、これだけは……。

7月27日

10時頃にポコに起こされて、一緒の朝御飯。おばあちゃんが迎えに来て、ママとポコは今日から数日ママの実家に帰った。俺は6、7年振りにフローティングタンクの店を見つけて予約をして90分間入った。この店は6、7年前に白金にあって取材で体験した事があったが、閉店してしまい、東京にこの様な店が長い間存在しなかったので嬉しかった。しかも今のオーナーさんは元の白金の店の会員さんで、俺の事を覚えていてくれて更に嬉しく縁を感じた。久しぶりの感覚遮断の深い解放感に力が抜けて、何もやる気が起きなくなった。月一回ぐらいは行きたいもんだ。夜はママが作り置きしてくれたカレーを温めて食べた。久しぶりの家のカレーも最高だった。

7月28日

8時半、世田谷TMC入りで東海テレビ昼帯ドラマ「碧の海」のスタジオ収録。朝から家でカレーを食べてなんか幸せ。順調に行けば今日を入れてあと4日間で全ての収録が終わり、全体がオールアップする予定だ。今日も星田監督の収録は早くて、3時間半も俺は早く終わり、夕休も挟まず帰宅出来た。夜も家でママの作ったカレーを食べて幸せだった。

7月29日

昼前に仕事に出ようとしたらママが一人で洗濯と掃除に一旦帰って来た。ママの体調は大分良くなっていて、俺も粗元気《ほぼ》になったし、一山越えられた感じで良かった。12時15分、世田谷TMC入りで東海テレビ昼帯ドラマ「碧の海」の今日も収録。本日で木村祐一と遊井亮子さん、ほっしゃん。等が全編オールアップとなった。いよいよあと二日で終わりだ。

7月30日

8時半、世田谷TMC入りで東海テレビ昼帯ドラマ「碧の海」スタジオ収録。今日は出番も台詞も少なく、割りとゆったりとした撮影で間2時間程中空きがあったので、近くのスーパーに行ってお惣菜を買って昼は楽屋で一人で食べた。俺の撮影は15時頃に終わり、明日の収録を残すのみとなった。帰宅途中に西麻布のバルーンショップに寄って、熊谷真実さんの御見舞いと森本千絵さんの結婚祝いのバルーンを店の人と相談してアレンジして送ってもらった。偶《たま》には大人にもこんな贈り物がいいかなと思った。

7月31日

15時15分、世田谷TMC入りで東海テレビ昼帯ドラマ「碧の海」のスタジオ収録。本日で全体がクランクアップとなり、俺は皆より一歩早く19時頃に無事にオールアップとなった。約二ヶ月半、内に沖縄ロケもあったり他のドラマも掛け持ちしながら、自分でもよく頑張ったと思う。これで現状はWOWOWの連ドラ一本になって少し落ち着いた。夜は中目黒でナイキジャパンの森部さんと木下ほうかと飯を食った。森部さんとは上海転勤になり、その後帰国して初めての再会となった。楽屋暖簾の御礼も言いたかったたし、今夜会えて本当に良かった。楽しい夜になったけど、明日からは大嫌いな8月に入る……。

8月

8月1日

13時15分、豪徳寺ハウススタジオ入りでＷＯＷＯＷ連続ドラマＷ「株価暴落」の撮影。昼ドラが終わってのこの現場は、テンポも空気感も何もかも違う感じで落ち着いた。ワンシーンのみで16時半頃に終わり、そのまま中野ブロードウェイの時計屋にオーバーホールが終わったロレックス・サブマリーナを取りに行った。左腕が逞しくなったように感じ、病気が治って元気になった感じもあった。明日はママとポコが帰って来るので楽しみだ。

8月2日

今日は夜に「ケータイ大喜利」があるだけで、それまではフリーだった。久しぶりに昼に駅前まで出て行って、大戸屋で飯を食った。夕方におじいちゃんの車でママとポコが帰って来て、家の中が賑やかになった。５日くらい会わないだけでポコは新しい言葉を話したり、顔も少し変わっている様な、そんな感じがした。時計も家族も帰って来て俺の体内時計も正確に戻った気がした。23時、渋谷NHK入りで「ケータイ大喜利」の生放送。1時半頃に帰宅。

8月3日

13時15分、海老名市役所入りでWOWOW連ドラW鈴木浩介組「株価暴落」の撮影。2シーンの出番で台詞も無く、建物内の仕事でゆったりと出来た。今日が終われば13日まで撮影は無く、この夏は珍しく夏休みを取って、5日から8日まで家族で軽井沢に旅行に行く予定だ。19時頃に終了し帰宅。

8月4日

今日は昼前に起きて夕方までポコの面倒を見て、17時半、恵比寿の備屋珈琲店で雑誌「ライトニング」の打合せを30分程行い、その後18時から同じく恵比寿イーストギャラリーという店で東海テレビ昼帯ドラマ「碧の海」の全体打上げに参加した。過密な現場だったけど、終わってみると皆が愛おしく思えて大好きになった感じだ。二次会の中締めまで居て帰宅した。明日の旅行の用意をして就寝。

8月5日

13時8分、東京駅発の長野新幹線あさまに乗って、軽井沢にママとポコと3人で来た。今日から三泊「ホテル鹿島ノ森」に宿泊。落ち着いた、静かで上品な空気のホテルで、北関東辺りの若いヤンキーの子供連れ夫婦とかが絶対に泊まってない感じで良かった。駅に着いた途端の風が東京駅のホームとは全然違い、涼しくて来て良かったと直ぐに思った。夜もクーラーいらないし、この季節は最高だ。川上庵の夕食も旨かったし、浅野屋のパンも俺は好きだ。

8月6日

今日はホテルの芝生の木陰でポコとママと3人でシャボン玉で遊んだ。英美が死ぬ前に俺が最後に遊んでやったのはシャボン玉で、楽しい思い出でもあり、悲しい思い出でもあって、今日のシャボン玉も大切な思い出になった。英美も一緒にいる様な気がしてならなかった。午後からはアウトレットに行って、夜は星野リゾートの森のキャンドルを観に行った。ここには5分と居なかった。写真の方が10倍良かったと俺は思う。

8月7日

今日も朝から旧軽井沢を中心に散歩した。昼食後に行った丸山珈琲のクラシックブレンドが、ここ数年で飲んだ珈琲の中でナンバーワンだった。開放感の中での甘さも少しあるとは思うが、もう一度飲んでみたいもんだ。夕方前から雷と共に天気が崩れて、夕食後にホテルに着いて暫くしたら大雨になり上手く遣り過ごせた。幸せな一日は今日もあっと言う間に過ぎた。明日は東京の家に帰る。

8月8日

今日の軽井沢は朝から雨で、天気が二、三日悪いとの事。今日から来る人達が多いのに少し気の毒な感じだ。御陰様で東京が猛暑日の時に軽井沢に居られて、帰京したら曇り、週末は台風の影響で日差しは弱く過ごしやすいそうで、上手く涼しい場所を移動している嬉しい感じ。ポコもママも楽しそうで、今回の旅行は本当に行って良かった。明日まで休みなので、いい感じで夏休みが取れた。

8月9日

台風の影響で東京は曇り時々雨の天気で、今日は家族3人一日家に居た。最高気温が25度ぐらいでクーラー無しで過ごせて、夜は窓からの風が少しひんやりして気持ち良かった。15日にNHKラジオで収録する「板尾シネマ」第二回の資料で1954年シリーズ第一作目の『ゴジラ』のDVDが送られてきて嬉しかった。改めて観て何故このファーストゴジラが名作なのか分かった気がした。脚本が良いからなのは当たり前だが、当たり前に観ていて意外と気付かないのは、当時の東京にはまだ高い建物が無いので、ゴジラが東京の都心に立った時の街とのバランスが絶妙にいいのである。だからゴジラが大きく恐く見えるのだ。80年代以降の作品はゴジラより高いビルの間を歩いたりするので、リアリティーはあるけど、大怪獣と呼ぶには少し時代遅れな感じがある。あとは、ゴジラの目だ。野性的で狂人の様で、あの目を見ていると、恐さというよりも諦めの絶望感が出てくるのである。日本の映画スターの世界的なトップは誰が何と言ってもゴジラ以外有り得ないのだ。

8月10日

10時頃にベッドから出て、昼は、ママが親子丼を作ってくれて親子3人で仲良く食べた。台風の雨で外に行けないポコが不憫で、夕方の約一時間雨が止んだ間にベビーカーに乗せて散歩に連れていってやった。19時10分に迎えのタクシーで羽田空港に行き、65分遅れ、21時20分発神戸空港行きの飛行機に乗って明日の仕事の前乗りをした。台風の影響で空のダイヤも乱れているようだ。最近ポコは俺が出掛ける空気が分かるみたいで、妙に引っ付いて甘えてくるのが可愛くて後ろ髪を引かれる思いだ。22時半神戸着、ANAホテル泊。

8月11日

10時半ホテルロビー集合で雑誌「ライトニング」、ザ・リアルマッコイズ秋冬のムック本のモデルに抜擢され、神戸本社でカメラマン新田桂一さんで撮影した。アメカジ好きでマッコイズファンの俺にとっては、『チャーリーとチョコレート工場』の様なもので、夢の国に近い場所である。マッコイズ代表の辻本さん、KENT君を始め、スタッフの方々にも大変親切にしていただいて、仕事でありながら僕の中では東京ディズニーランドを軽く超えてしまった。出会いに感謝。

8月12日

6時ホテルロビー集合で辻本さんのクルーザーで釣りに行くはずだったが、雨で出発を

8時半に変更した。V8ガソリンエンジンが3機付いてるザ・リアルマッコイズ号に感動して、神戸港を台風後で浮いている流木をよけながら沖へ出た。最初はポイントが定まらず、今日は苦戦しそうかなと思ってた時、KENT君が太刀魚をゲットして、そこからバンバン皆がヒットしだして、終わってみたら太刀魚とアジが大漁だった。俺は今日一番大きな太刀魚を釣り、アジ、サバと計8匹釣る事が出来て大満足な結果で終わった。その後マッコイズ本社でアジを焼いて皆で食べた。太刀魚、サバ、アジを俺は家にお土産で持って帰る事にした。夜は辻本さん家族も合流して旨い串カツ屋に行き、ワイワイと皆で食べた。21時45分、神戸空港発の飛行機で東京に戻った。22時半頃に帰宅。ママとポコは実家に帰って今夜は一人の夜になった。帰って来たら釣った魚を3人で食べたいと思う。この3日は本当に楽しく穏やかに仕事も遊びも出来て、辻本さん家族と撮影スタッフとマッコイズのスタッフさんに感謝したい。いつ何時に死んでも悔いは無い理由の一つになった経験だった。

8月13日

8時45分、横浜シーサイドの現場入りでWOWOW連ドラW「株価暴落」の撮影。本日は全話通しての捜査本部部分のまとめ撮り。連続17シーンのハードな現場で、昼ドラか？と思ってしまう程だった。21時半頃まで掛かり、神戸の疲労もあり、ぐったりと疲れてしまった。23時前に帰宅。今日も一人寝で少し寂しい……。

8月14日

9時10分、自宅出発で昨日と同じ横浜の現場に入り、WOWOW連ドラW「株価暴落」の撮影。出番はワンシーンのみで11時前にあっさりと終わった。本日の仕事はこれだけなので、横浜元町に一人で行って、中華街の海員閣で久しぶりに焼売と豚バラ飯を食べた。昼時なのにタイミングが良かったのか5分も並ばずに席に座れた。その後、元町で雨がパラパラとしてきたのでユーズドのアメリカ製のヤッケを買った。その店に赤いオーバーオールのデニムスカートがあったのでポコに思わず買ってしまった。夜は神戸で釣ってきた魚をママと二人で焼いて食べて楽しかった。

8月15日

10時頃に起きて、なんとなく頭が重く、いつもより少し食欲が無い感じだった。夕方まで家で明日から３日間のＷＯＷＯＷのドラマの予習をやり、17時、渋谷ＮＨＫ入りで第二回「板尾シネマ」の収録。『ゴジラ』第一作目の造形屋さんや記録さんに話を聞けて最高に楽しい時間で、映画ライターの森さんと二人で少し興奮した。津田寛治君の映画への向き合い方も聞けて良かった。今回話の中に出て来た『会社物語』と『彼岸花』という映画を早く観たい。22時半過ぎに帰宅。クシャミ、鼻水、涙目が一気に来た。完全に風邪引いた。明日から３日間が思い遣られる……。

8月16日

10時20分、新宿発小田急特急えのしま15号で相模大野へ行き、そこからタクシーでロケ現場の海老名市役所に入った。風邪はストックしておいた病院で貰った薬が効いて眠気はあるものの、症状は抑えられて仕事に支障は無かった。15時半頃に出番は全て終わり、行きと同じルートで帰宅した。今日は英美の５回目の命日。家に帰る前に英美の大好きだった苺ミルクの２００mlの紙パックを買ってお墓に行った。元気だったら来月で7歳の小学一年生だ。夏休みなので今頃はおじいちゃんおばあちゃんの家に行ったりしてるのかな、と思うけど、俺の記憶は1歳と11ヶ月の英美で止まったまんまで、姿が想像出来ない。不思議なもんで、英美が死んでからの5年はすごく長く感じるけど、ポコが生まれてからの2年はあっと言う間だ。英美ちゃんに5分でいいから会いたい。たとえそれで俺の寿命が5年短くなったとしても……。

8月17日

新宿13時50分、小田急特急さがみ69号で相模大野14時18分着。タクシーで海老名市役所に入り、WOWOW連ドラW「株価暴落」の撮影。二時間程待たされてワンシーン2カット「あの男か……」の台詞のみで仕事は20分程で終わった。19時半頃に帰宅した。油断出来ないけど、風邪は薬を飲んで本当に良くなった。二日間クーラーを掛けずに寝たのも良かったのかもしれない。

8月18日

9時、ジニアス川崎入りで本日もWOWOW連ドラW「株価暴落」の撮影。外は暑くて日差しも強いので、室内の撮影で助かった。俺の出番は昼休憩を挟んで13時頃に終了し帰宅した。夕方までこの作品の残りの台詞などを予習して17時頃にポコを保育園にママの代わりに迎えに行った。明日は午後から何も予定が無いので家族でどこかに出掛けたりしたい。

8月19日

11時から近所の病院で健康診断を受けた。昼はママの作った親子丼を3人で食べた。午後からポコをアンパンマンの映画に連れていこうと思ったけど、子供の映画って朝の一回しかやってなくて、ポコには申し訳無い事をした。思えば英美は映画館に連れていった事が無くて、親としては経験不足だった。夜は野菜たっぷりのママの手作りハンバーグを3人で美味しく食べた。夕食後3人で近所を散歩した。ポコも外に出られて楽しそうだった。昼間は気温と日差しがえげつないので小さい子はこの季節は可哀想だ。

8月20日

13時15分、大田区本羽田の現場入りでWOWOW連ドラW「株価暴落」の撮影。日中36度を超える屋外はキツかった。ふと思ったのだが、羽田という地名は空港が出来たから「羽」が付く地名になったのか、元からだとすればピッタリ過ぎて凄いな。18時頃に帰宅し、ポコが二年間使っていたベビーセンサーをレンタル業者へ返却した。ポコが2歳になって、英美の命日が来たらそうしようとママと決めていた。俺達家族にとってはこれが一つの大きな区切りになった様に思う。でも決して喜びではない。

8月21日

疲れてたのか9時頃に一度起きたけど、二度寝してしまい、次に目が覚めたのが12時半を過ぎていた。今日は前から行こうと思ってたスポーツ整骨院が盆明けで、本日から開いてたので肘痛を診てもらいに行った。結果はテニス肘と診断され、専用のサポーターを付ける事になった。年齢もあって最近は肩やら腰が痛いし、嫌になってくる。タバコも止められてるし、また筋トレでも始めようかと思う。夕方ママの代わりにポコを保育園に迎えに行って、夜は家族団らんで家で食事をした。今日も一日暑い日だった。

8月22日

9時、千葉県袖ヶ浦の現場入りでWOWOW連ドラW「株価暴落」の撮影。海沿いのロケなので暑さを覚悟して行ったけど、社内の設定で、本番以外はエアコンも効いて連日猛暑の中助かった。撮影は午前中に終わり、タクシーを呼んで乗車し、都内までと行き先を言うと「カーナビが付いてないので行けない」と拒否されドッキリかと思った。プロのタクシードライバーの言葉とは思えない、免許取り立てのOLさんだ。別のタクシーを呼んでもらい帰宅した。昼食後少し昼寝をして、15時半から近所の歯医者に検診とクリーニングをしてもらいに行った。歯と歯茎の状態は良くて、歯磨きも誉められた。次回は半年後。今日も夕方にポコを保育園に迎えに行って、夜は20時から中野セントラルパークにある居酒屋で暑気払いの飲み会を行い参加した。後輩一同から誕生日プレゼントにザ・リアルマッコイズの革のトートバッグを貰った。みんな有り難う。4時過ぎに帰宅。

8月23日

13時頃にベッドから出て、昼食をママとポコと3人で食べた。今日から3連休だが、特に何も予定が無いのが心地良い。昨年やった土曜ワイド「兼坂守の捜査ファイル」のパート2の準備稿を読んだ。前回同様に監督が本田隆一さんなので、前向きに出演を考えながらざっと読んだ。夕方に近所のスーパーにポコを連れて買い物に行って、夕食後に一緒にお風呂に入って、歯も磨いてやり寝かし付けた。なんか良い一日だった。

8月24日

7時半に起きてママとポコと親子3人で品川プリンスシネマまで「アンパンマン」の映画を観に行った。自分の子供を映画に連れていくなんて初めての経験で、正直嬉しかった。俺も子供の頃は親によく映画館に連れていってもらった。中学生の頃に初めて一人で映画を観に行った時は大人になった様な気分になった。そんな俺が我が子を映画に連れていく日が来て、気分じゃなくて本当に大人になったと思った。今度は俺の出演してる映画を観せて何か言われたい。

8月25日

連休最終日の都内は曇り時々雨のグレーな一日。午後からポコを順天堂医院へママと連れていった。エコーに採血に尿検査と2歳の女の子にとってはどれも恐かったり痛かったりで大変な一日だったが、ポコは今日もよく頑張った。経過も良くて、次は半年後でいいと、期間も長くなり、懸念していた病気ではなさそうだ。ママとポコは今日から再びママの実家に帰って行った。一人俺は帰宅して、夜はママが作って行ってくれたカレーを食べた。英美の仏壇に今日の事を報告した。

8月26日

8時15分、自宅車両迎えで10時、山梨県甲斐市の現場入りし、ＷＯＷＯＷ連ドラＷ「株価暴落」の撮影。小雨に見舞われながら犯人逮捕のシーンを午前中でなんとか撮り切った。その後、中抜けして都内四谷のスタジオに入り、ネイチャーラボ「ラ・ボン」のＣＭ撮影。15秒ＣＭ２パターン２カット。Ｋｉｓ‐Ｍｙ‐Ｆｔ２玉森君との共演企画。吊りでハーネスが少し大変だったけど、粗々《ほぼほぼ》ワンテイクＯＫでスピーディーに終わった。笑いの空気を分かってらっしゃるスタッフさん達で、お互い良い仕事が出来たと思う。20時15分ＷＯＷＯＷの横浜青葉の現場に再入し、本日残りのワンシーンを撮って今日の仕事は全部終了した。久しぶりに住宅街で22時を過ぎたロケだったので、近くの家の主人に怒られた。本当にすみませんでした。でもまだ優しい人で、俺やったらもっと怒ってると思う。23時過ぎに帰宅。

8月27日

10時半頃にベッドから出た。昨晩は窓を開けて寝てたら少し寒いぐらいで、久しぶりに気持ちの良い夜だった。自分で蕎麦を茹でて昼食を食べた。15時前にママが一人で帰って来たけど、入れ違いで俺は近所の耳鼻咽喉科に行って、咽頭がん検診を受けた。結果は異常ありで、精密検査になり、先生にＮＴＴ東日本関東病院に紹介状を書いてもらった。来月3日に受診の予約を取った。昨年の検査では何も無かったので、今回の咽頭の病変は少し気になるとの事で、検査を勧められた。夜はママと二人、目黒で御飯を食べた。ポコが居ないので、静かで食べやすいけど、物足りない感じがする。やっぱり今は3人で居るのが一番落ち着く。

8月28日

7時に自宅出発し、横浜都筑の現場に入り、ＷＯＷＯＷ連ドラＷ「株価暴落」の撮影。今日は俺の中で最後の山場で、台詞が多く、遣り甲斐のある一日だった。この脚本は喋り言葉で書かれてないので大変な面が多くて、終わってスッキリした。予定通りいけば俺は明後日オールアップする。

8月29日

10時過ぎに目が覚めた。昨晩は寝る前にＤＶＤで映画『アジョシ』を観た。やっぱり韓国映画は面白い。13時過ぎに目黒の「土山人」でナイキジャパンの森部氏と待合せて旨い蕎麦を食べた。最近は蕎麦を食べる一食一食ごとに蕎麦への好き度が上がっていってる感じがある。その後歩いて野沢通りを上がって、三宿病院に大﨑社長の夫人しのぶさんの御見舞いに一人で行った。今日はいつもより体調が良さそうで、言葉こそ出ないものの喜んで下さり、顔も見る事が出来て俺も嬉しかった。藤沢の病院よりも近くなったので、これからちょくちょく顔を見に行きたいと思う。夜は近所のスポーツ整骨院に再び行って、治療とマッサージを受けた。サポーターを付けて痛みは軽くなったけど、五十肩と、今度は逆側の肘が痛くなってきた。

8月30日

10時、渋谷区西原の東京衣裳入りでＡＢＣ土曜ワイド「兼坂守の捜査ファイル２」の衣裳合せ。一年振りぐらいに本田監督を始め、懐かしいスタッフと再会し、温かく迎えていただいた。30分程で終わり、そのままタクシーで横浜市緑区長津田の現場入りし、ＷＯＷＯＷ連ドラＷ「株価暴落」の撮影。追撮を入れて全部で４シーンを撮り切り、本日で俺はオールアップとなった。何回出てもこの枠は本もテンポも人も良く、充実した仕事を毎回させてもらっているので感謝したい。本隊はあと一日の撮影と編集、仕上げと頑張って欲しい。19時前に帰宅したら頭痛がして、少しクシャミが出る。また風邪を引いたのかな？とりあえずお湯で葛根湯を飲んだ。

8月31日

10時半頃に目が覚めたが、風邪症状は治まったようでホッとした。今日は撮影、収録、打合せ等は無く、ＷＯＷＯＷも終わったし、仕事の谷間の感じ。ママとポコはまだ実家で、家の中はテレビの音以外はしない。今現在抱えている台本が４つあり、品川方面に散歩に行って、カフェで休憩がてら一冊を読んだ。その後、品川駅周辺をフラフラして傘、電波時計と夕食の惣菜を買って帰った。今日で大嫌いな8月が終わる。

9月

9月1日

朝寝起きにベッドの中からテレビを見ていて、ダウンタウン松本さんの御父さんの訃報を知った。お悔やみのメールを打った。「大往生やった、ありがとう」という返信があった。合掌。今日も秋雨で、もう何日も太陽を見ていないので少し気が滅入る。午後から神保町の皮膚科に行って、前から気になっていた右肘の痼《しこ》りの様な物を診察してもらった。多分脂肪腫で問題は無いとの事だったが、少しずつ大きくなっているので思い切って取ってもらう事にした。手術まで時間があったので、高濃度ビタミン点滴をいつもよりゆっくりと落として、16時半頃から摘出手術を受けた。30分程で終わり、2センチ位の明太子みたいな物と対面した。思ったよりグロテスクでは無かったので、炙って食べてみたい気も少しあった。明日また診察を受けて、一週間後ぐらいに抜糸だ。月の始まりに思わぬミニ手術となった。

9月2日

9時45分、千代田区丸の内の東京會舘入りで年末の舞台『ロンドン版ショーシャンクの空に』の制作発表。俺はショーシャンク刑務所長スタマス役で、スティーヴン・キングのファンとしては誠に光栄だ。シアタークリエは立ってみたかったたし、白井晃さんの演出は興味深いし、佐々木蔵之介君や國村さんとの芝居も楽しみだ。早く幕が開かないかな……。挨拶、質疑応答、写真撮影、囲み取材、宣伝用の各方面への動画撮影を行い、12時前に全て終わった。チームは違うけど、東宝舞台の樋口がフォローしてくれて嬉しかった。その後、昨日の病院に行って傷口の経過診察と消毒をしてもらった。おそらく抜糸は来週の前半になるだろう。病院を出て神保町の古本屋で『悲しきヒットマン』と『ベスト・キッド』のパンフレットを衝動買いしてしまった。でも一切後悔は無し。帰宅途中、久しぶりに役柄の都合上美容院で髪を黒く染めた。鏡の前に見慣れない自分が一人誕生した。

9月3日

9時から五反田のNTT東日本関東病院で咽頭がんの再検査を受けた。結果は問題無しで一安心。これからも年一回の検診を普通に受ければ大丈夫と言われた。一旦帰宅して仕事に出るまで時間があったので、一時間程また寝て13時15分に自宅を出発し、14時、横浜の現場入り。今日からABC土曜ワイド劇場「兼坂守の捜査ファイル2」の撮影がクランクインした。パート1の主要な役者も集まり、20日までに撮り切る予定だ。今日は室内だったし、関東地方は秋らしくなってきたのでロケも体に優しそうだ。22時頃に帰宅。

9月4日

10時47分、品川発の新幹線で京都入りした。マッコイズの辻本さんと昨日オープンしたザ・リアルマッコイズ京都店で待合せて二人で衣笠丼を食べに行った。食後はその近所の辻本さん行きつけのレトロな品のいい喫茶店でお茶をしばいた。すっかり辻本さんに御馳走になってしまった。その後一人で四条河原町を散歩しながら仕事の現場に向かった。途中でポコに小さい黄楊《つげ》の櫛を買ってやり、ママにはスマホのイヤホンジャックをお土産に買った。16時、祇園のKOTOWA京都八坂に入り、17時、京都国際映画祭プログラム発表会見のゲストで登壇した。映画祭では大映の不滅の名作『大魔神』三部作が上映されるみたいで、観に行きたくて仕方が無い。19時16分の新幹線で東京に戻り、WOWOW連続ドラマW「株価暴落」の打上げに二次会から参加した。今夜はなんかめっちゃタバコが吸いたかった。禁煙8ヶ月やけど、また吸いたい。

9月5日

昨日は夜が明けてから寝たので目が覚めたのは13時過ぎ。腹が減ったので蕎麦を食べてテレビを見てたら、ママとポコがおばあちゃんと一緒に帰って来た。10日振りにポコの顔を見て嬉しかった。お土産の黄楊の櫛をあげると嬉しそうに鏡を見て髪をとかしていた。16時に予約して表参道に髪を切りに行った。今のドラマの繋がりがあるので長さを変えずに、ほんの少しだけボリュームを抑えてもらい、いい感じになった。半月はもちそうだ。ママに頼まれた買い物を紀ノ国屋でして帰宅。今夜は家族3人でママの作った夕飯を食べた。

9月6日

昼前に起きて飯を食ってから、近所の整骨院にいまだに治らぬテニス肘の治療に行った。電気やらマッサージやら色々と施してもらうが一向に良くならない。まだまだ時間が掛かりそうだ。夕方はママに頼まれて17時にポコを保育園に迎えに行った。最近ポコはよく喋り、リーダーシップをとってお友達と遊んでいます、と先生に言われた。一度こっそり保育園のポコの様子を覗いてみたいもんだ。夕食は家族3人で家でママの御飯を食べて、俺は23時、渋谷ＮＨＫ入りで「ケータイ大喜利」の生放送。一ヶ月振りくらいで少し変な感じが今日はあった。1時半頃に帰宅した。

9月7日

昨晩からずっと雨で、ポコの騒ぐ声と雨の音で目が覚めた。寝たり起きたりで13時前に腹が減ってベッドから出た。朝からママは用事で出掛けているのでおばあちゃんがポコの面倒を見に来てくれてた。14時頃にポコが寝たので、おばあちゃんは帰り、ポコと二人でお留守番。起きてから飯事の相手をいっぱいしてやった。保育園の男の子の友達の真似をしているのか「僕もやりたい」とか、自分の事を僕と言うのが可愛い。夜になったら唾を飲み込むと咽が少し痛くなってきた。また菌が張り付いたのかな？　また抗生物質を飲むのかと思うとうんざりしてきた。

9月8日

午後から渋谷のマッコイズに行って、11日に行く乗馬の日除け対策の為に顎紐付きの帽子を買った。序《つい》でに革のトートバッグの破れの修理もお願いした。16時半、日野市の支度場所入りでABC土曜ワイド劇場「兼坂守の捜査ファイル2」の撮影。今回は本田博太郎さんと初めて仕事が出来て嬉しい。22時前に終了し帰宅途中にママから電話があり、ポコが高い熱を出して30分くらい泣き止まないので日赤の救急に連れていくから病院に来てという内容だった。英美の時の急変と重なって怖くなった。診察を受けたら風邪による高熱と診断されホッとしたが、薬を待ってる時急にポコが痙攣を起こし、慌てて近くの看護師さんに知らせた。ものの2分くらいで治まったが、見る見る顔色が変わっていく我が子程心が痛いものは無い。大事には至らなかったが、またあの時の地獄の扉を見たような気がした。一時間半程病院のベッドで経過観察をした後に帰宅した。本当に悪い事が起こらなくて良かった……。4時頃にやっと就寝。

9月9日

朝7時頃にポコの元気な声に起こされた。熱はまだ38度あるが、ポコは元気で「おかあさんといっしょ」を観て踊っていた。でも食欲が無く、機嫌も悪いので本人はしんどいねんやろな。解熱剤飲ます程でもないし、経過を見守るしかない。15時から神保町の病院で右腕手術の抜糸を行った。術後の問題は無く、今月末にもう一度見せに来るだけでいいと言われた。ここ数年は外科も内科も家族で病院に行き過ぎなので、うんざり嫌になる。

9月10日

9時半、横浜都筑の現場入りでABC土曜ワイド劇場「兼坂守の捜査ファイル2」の撮影。仕事中ママにメールしたらポコは37度に熱が下がった様でホッとした。今日は全体的に撮影に時間が掛かって、ナイトシーンが一つカットになった。22時頃に帰宅。

9月11日

雨の中、10時前に増本庄一郎迎えの車で、吉本の後輩の中野公美子と3人で群馬のKRCに行った。途中くだもの屋で1・5キロ近くもある梨が珍しかったので、娘にいつも色々と送って下さる西川きよし師匠に2つ化粧箱に入れて送らせてもらった。こっちの天気は上手くもって、バトル小次郎号とプリンス号の二頭に騎乗した。夜に矢部太郎も合流して日馬師匠の家に増本と矢部と3人で泊めていただいた。夕食時にはクラブの人達や近所の人達も沢山師匠の家に来て、遅くまで楽しく過ごした。久しぶりに師匠の家に泊めてもらい、乗馬を始めた頃を思い出した。

9月12日

8時半に起床し、師匠宅で朝食をいただいて、長女のミミさんの家に行ってオーガニックのコーヒーをいただいた。今日は馬には乗らず、昼に足利の「明治庵」で蕎麦を食べて、14時頃に増本と二人で仕事の為に東京に帰った。16時、成城の東宝で映画『杉原千畝』(仮)の衣裳合せだったが、渋滞に巻き込まれ、一時間半程遅れてしまい、申し訳無い事をした。衣裳が黒澤和子さんで初めて仕事をしたけど、故・黒澤明監督と声のトーンや仕草がそっくりで感動してしまった。巨匠のDNAと触れ合った感じで光栄に思った。その後、江東区辰巳のWOWOW放送センターに入り、20時から22時まで「金曜カーソル」の生放送。今夜が最終回で、週替わりMC達が勢揃いで賑やかな最後となり、無事に終了した。一年弱と短いレギュラー番組だったけど、毎回色々な人に会えて楽しかった。スタッフ、出演者の皆様お疲れ様でした。また会う日まで……。

9月13日

昼前に起床した。乗馬やら長距離移動で渋滞に巻き込まれたり仕事したりで肉体的に疲れてる感じで重怠《おもだる》い。夕方まで家でゴロゴロして、17時にポコを保育園に迎えに行った。最近は毎回お友達と楽しそうに遊んでる様で本当は毎日通わせてやりたい気持ちだ。18時頃にママが用意してくれた夕飯をポコと一緒に食べた。19時頃にママが帰って来て、俺は23時、渋谷NHK入りで「ケータイ大喜利」の生放送。1時半頃に帰宅。

9月14日

今日は一日完全にオフでポコといっぱい遊んだ。日中は公園に二人で行って滑り台をやったり、亀の遊具に乗ったりした。ブランコに乗りたがったけど空いていなかったので別の公園に連れていこうとしたら途中ベビーカーの上で寝てしまい、そのまま家で2時間弱お昼寝を二人でした。夕方はママに頼まれた買い物をしに二人で近所のスーパーに行った。夕食はママの作った金目鯛のお清汁《すまし》とアワビの旨煮で幸福な夕御飯だった。食後はポコの頭の大きさ程ある梨を3人で食べて楽しい夜だった。来年の今日も今日と同じ日だったら幸せだろうなと思った。

9月15日

7時半、東京海洋大学の現場入りでABC土曜ワイド劇場「兼坂守の捜査ファイル2」の撮影。キャンパス内で3シーンと、移動して警視庁前の道でワンシーンを撮って一旦中抜けで帰宅し、仮眠を取って少し早い夕食を食べてから、19時、浅草橋の現場に再入して夜のロケを昌平橋、聖橋と続けて3箇所行った。22時半頃に全て終了した。残りはあと二日で、ドラマの冒頭の殺人現場とクライマックスの逮捕のシーンだけになり、終わりが見えてきた。23時過ぎに帰宅。

9月16日

11時過ぎにポコに起こされベッドから出る。ママが鯖の味噌煮と鯖汁を作ってくれて昼食を3人で食べた。14時過ぎに家族3人で家を出て、三宿病院に大﨑しのぶさんの御見舞いに行った。しのぶさん黄疸が出てたのかな？　少し目が黄色かった。でもママとポコの顔を見て少し嬉しそうに反応してたので連れていって良かった。前回と同じく奇譚クラブの板尾創路ストラップを一個持っていって箱を開けたら白タキシードバージョンが出てきて、また少し嬉しそうにされたので俺も嬉しくなった。夜に吉本の岡本から連絡があり、容体が悪くなられたという報告があった。心臓がドキドキとした。大丈夫と心に言いきかせる。今日は英美の月命日。英美にお願いした。

9月17日

10時過ぎに起きて朝御飯を食べて再びベッドでダラダラして少し寝てしまい、夕方まで録画しておいた立花隆のＮＨＫスペシャルなどを観てのんびり過ごした。17時にポコを保育園に迎えに行って夕食を家族３人で食べて、18時20分、迎えのタクシーで東京駅へ行って、なすの２６７号にて宇都宮に行った。20時半、大谷の現場入りでＡＢＣ土曜ワイド劇場「兼坂守の捜査ファイル２」の撮影。０時頃に終了し車で帰宅。２時過ぎに無事に到着。

9月18日

昼過ぎに起きてポコの昼寝と交代するようにベッドから出た。飯を食って近所の病院に健康診断の結果を聞きに行った。悪玉コレステロール値が高く、善玉コレステロール値が低いと言われ、眼科で後日眼底検査をする事になった。序でにアレルギーの血液検査もした。毎年秋になるとクシャミが止まらなくなるので、今年は原因を突き止める事にした。その後いつもの整骨院に行って、肘、肩の治療と今日は腰が痛かったので電気とテーピングをしてもらった。夕方からママとポコと３人で新宿髙島屋に出掛けて、早めの夕食でトンカツを食べて、ママの洋服やポコの靴と靴下とアンパンマンのお医者さんセットと地下で食材を買って、20時過ぎに帰宅した。やっぱり家族で出掛けるのがこの世で一番楽しくて気持ちも安らぐ。気候もいいので休みの日にまた出掛けたい。

9月19日

11時、麻布のビーダッシュ入りでフジテレビ「ＴＨＥ ＶＥＲＹ ＢＥＳＴ ＯＮ ＡＩＲ ｏｆ ダウンタウンのごっつええ感じ」ＭＣコメント収録。木村祐一と二人で二時間程で撮り終えた。二十数年前のバラエティーだが、古さを感じない。今夜オンエアしても大丈夫な化け物番組だった。13時半、横浜の大さん橋スタジオ入りで土曜ワイド劇場「兼坂守の捜査ファイル２」の撮影。ワンシーンだけ撮り、二時間程掛けて次の現場、山中湖に向かった。クライマックスシーンを朝の7時まで掛けて撮影して、全員無事にクランクアップ、10時半頃に帰宅。長い長い9月19日が終わった。疲れた。３日間休みたい……。

9月20日

風呂も入らず歯磨きだけして15時半までベッドで爆睡。あまり寝ると体内時計が狂うので、起きてシャワーを浴びた。岡本から寝てる間に着信があって、掛けてみると大﨑しのぶさんの訃報だった。俺達夫婦の仲人で、いつも気に掛けていただいて、英美やポコの事も可愛がってもらい、社長夫人という感じではなく、親戚のお姉さん、担任の先生という感じで、いつもニコニコいい距離感で接してもらった。合掌。23時、渋谷NHK入りで「ケータイ大喜利」の生放送。1時半頃に帰宅。

9月21日

10時頃に目を覚ますと俺の横にポコが寝転んでいて、目が合いニッコリされた。今、世界で一番幸せな朝の目覚めだった。昼御飯はママの作ったヤングコーン入りのハヤシライス。コーンの食感が良く、最高に旨かった。ママのお母さんがバースデーケーキを買ってきてくれて、今日は元気なら英美の7回目のお誕生日。大好きだった苺のケーキで英美ちゃんおめでとうのプレート付き。皆でハッピーバースデー英美ちゃんを歌ってお祝いした。ポコは自分の誕生日だと思っている様で大喜びだった。16時前にママとポコはしのぶさんの通夜の祈りに行った。俺は羽田に向かい、大阪へ。なんばグランド花月にて19時半から「ハイスクールマンザイ」決勝の収録をして、終わってからザ・プラン9の久馬と舞台の企画打合せを少しやって、ホテルにチェックインした。なんか色々と寂しい一日だった。

9月22日

ホテルを6時にチェックアウトして、伊丹空港7時5分発の飛行機で東京に戻った。一旦帰宅して喪服に着替え、ママとポコを連れて千葉県松戸の教会に行って11時から大﨑しのぶさんの葬送式に参列した。しのぶさんの人柄が教会に満ち溢れて、本当に優しい愛を感じる式だった。天国で英美を見つけてくれて抱っこして下さる姿が目に浮かぶ……。有り難うございました。安らかにお眠りください。

9月23日

11時45分、渋谷NHK入りでロケバスに乗り、千葉県成田国際文化会館に行き、15時から「ケータイ大喜利全国ツアーin千葉」公開収録。17時頃に終わって再び渋谷NHKに戻り、朝ドラ「まれ」の衣裳合せを行った。20時頃に帰宅。千葉県成田市から頂いた成田市のゆるキャラ「うなりくん」をポコにお土産にあげたら嬉しそうに抱っこして寝るまで遊んでいた。

9月24日

台風の影響で蒸し蒸しして嫌な陽気。今日から3日間は仕事は無く、のんびりな感じだが、しのぶさんを送ってから少し気が抜けた様で、遣る気が何も起こらない。携帯電話から消せない番号やアドレスがまた増えた。

9月25日

今日も雨で一日蒸し暑かった。ママが銀行回りをしてたので、夕方までポコと家で留守番をした。外に行きたかったが、雨なのでマンションのロビーと駐車場で遊んでやった。16時半に予約して表参道で髪を切った。これからの色々な役柄に合わせてかなり短く切った。ポコは今日からおばあちゃんの家に行ってしまい、静かで寂しい家になった。早く帰って来ないかな。

9月26日

二度寝をして目が覚めたら12時を過ぎていて、一人で飯を食べて、数日前の眼底検査の結果を持って近所の病院を受診した。今年の健康診断はここ数年指摘されてきた、悪玉コレステロール値が高く、善玉コレステロール値が低いという事で落ち着いた。アレルギーはヨモギが少しでブタクサは問題無かった。その足で神保町の病院にも行って、脂肪腫手術の診断書を書いてもらった。保険が下りるかもしれない。明日から週5日、出来たら毎日30分間のウォーキングをしなければならない。自分のツイッターが乗っ取られていた事を数人の知人から教えられた。数ヶ月前からだそうだ。まぁ別にいいけどね……。

9月27日

午後から赤坂のクリニックに行って、ビタミン点滴を約一時間横になって受けた。気持ち良くて30分くらい寝てしまった。一旦帰宅して、17時半、汐留日本テレビ入りで年末の「ガキの使いSP」の打合せ。もうすぐ今年一年も終わる。その後、青山のメディアミックス・ジャパン入りで19時からメ~テレ「なぜ東堂院聖也16歳は彼女が出来ないのか?」

という全9話のドラマ衣裳合せとキービジュアル撮影とオープニング用スチール撮り。この出演は以前に木下ほうかプロデュースの映画『グレイトフルデッド』の監督・内田英治と豊田組映画『空中庭園』、西村組『東京残酷警察』の助監督・塩崎遵がディレクターだという事が決め手で引き受けた。この二人なら力を貸してあげたいと思うし、間違い無い。二日間缶詰の撮影だが、精一杯頑張ろうと思う。

9月28日

11時頃に目が覚めて、飯を食って、30分のウォーキングを今日から始めた。季節も良く、少し汗を掻いた。やっぱり運動は気持ちいい。これが習慣になったらいいなと思う。ママとポコが家に居ないので、台詞を覚えるにはいいが寂しい。早く帰って来ないかな……。

9月29日

今日も11時頃に起きて飯を食って近所の整骨院に行った。肘は相変わらず良くならずだが、肩が大分楽になってきた。でも腰が新たに痛く、今日は腰中心に電気とマッサージを受けた。その後、渋谷のリアルマッコイズに行った。運動不足解消の為に地下鉄移動で駅では階段を使い、車内では立って乗った。マッコイズで修理済みのカバンを引き取って、序でに木製のハンガーを３つ買った。やはりハンガーはごつい檜製に限ると思う。防虫性があり湿気を吸ってくれる頼もしい優れものだと思う。帰りは30分渋谷から広尾まで歩いて、明治屋で夕食の買い物をして帰宅した。

9月30日

5時半、自宅出発で茨城の現場入りし、名古屋テレビドラマ「なぜ東堂院聖也16歳は彼女が出来ないのか？」の初日撮影。今日から二日間で俺の出演してる全9話分を全て撮り切るスケジュールなので、朝から粗《ほぼ》出突っ張りで修行の様な感じだった。0時頃にへとへとになってホテルに入った。数時間後には起きてまた修行だ。頑張って深く寝よう！　寝るのも仕事だ！

10月

10月1日

疲れ過ぎとベッドとの相性が悪いのとで寝付きも悪かったし、眠りも浅かった。今日は少しでも待ちで椅子に座れば意識が無くなる様に寝てしまう繰り返しだった。2時頃に俺の全出演カットが埋まり、皆より一足先にオールアップとなった。多分初めての執事役で楽しかったし、二日間に撮影をまとめてくれた事に感謝したい。3時頃に茨城の古河を車で出て、4時頃に帰宅した。まずは寝たい。ただそれだけだ……。

10月2日

7時間くらいは寝たのか、12時頃にベッドから起き上がった。家の近所でチャンポン定食を食べて、帰ったらポコがおじいちゃんの車で帰ってきた。6日間顔を見てないので愛おしくて堪らなかった。15時から虎ノ門のテレビ東京で2Hドラマ「借王シャッキング〜華麗なる借金返済作戦〜」の衣裳合せ。哀川翔さん主演で、映画『ワースト☆コンタクト』以来の共演で嬉しく、撮影が今から楽しみだ。その後、汐留日本テレビ入りで年末の「ガキの使い 笑ってはいけない……」の打合せ二回目。今回でようやく俺のやるべきアイディアが見えてきた感じだ。あとは現場が今回のアイディアにどこまで対応出来るかである。ラストもう一回は打合せが必要な感じだ。日テレから家まではウォーキングで50分程掛けて帰宅した。少し汗ばむ程度でいい感じだった。

10月3日

10時過ぎに起きて飯を食った。風邪を引いたみたいで咽が痛い。病院に行こうと思ったけど、月曜まで休みっぽいので偶《たま》には自力で薬を飲まずに治してみようかと思う。午後から家族3人で昼寝をして幸せだった。そして夕方から隣の保育園が一般に開放して秋祭りをやっていたので3人で行った。ポコはヨーヨー釣りや金魚すくいを楽しそうにやり、初めて食べるポップコーンを美味しそうに頬張っていた。

10月4日

11時頃に目覚めた。咽の痛みは粗《ほぼ》無くて、咳が偶に少し出る程度で良くなってる感じだ。

今日は一日テレ東の2Hドラマ「借王」の台詞を覚えるのに費やした。ウォーキングをしながらもブツブツと言う感じで体に入れた。大きな台風が近づいているみたいで、重い空だ。これが過ぎ去ると秋も深くなって寒々としてくるのだろう。早く革ジャン着たい。

10月5日

台風の上陸を明日に控え、朝からそれなりの確《しっか》りとした雨が降り続いた一日だった。風邪は咳がまだ出る感じで、良くもなってないが、悪くもなってない。今日の昼はママ手作りの鯖の棒鮨と蕎麦で大満足で、夜は金目鯛のしゃぶしゃぶを作ってくれた。まさか家でこんな料理が食べられるとは。胃袋を摑まれた。

10月6日

昼前に目が覚めたら台風一過で、日が射してて静かだった。一匹のモンスターが倒され、街に平和が訪れた感じ。今日は休みになったので夕方にポコを保育園まで迎えに行った。今日あった事を帰り道に一生懸命話してくれるポコは本当に可愛い。

10月7日

昼過ぎまでは家族と過ごし、15時に家を出て渋谷の打合せ場所までウォーキングで30分の運動をした。これぐらいに体を動かすのは、仕事モードにスイッチが入って程良い感じだ。長い間延期になっていた倉本美津留さん企画の「お笑いえほん」の打合せを岩崎書店の編集部の人も交えて一時間弱程行った。方針としては6〜7歳対象で、お話は俺が書いて、絵は当然プロが描くという感じだが、今の所は特にアイディアがある訳でも無く、年末締切に間に合うか不安である。その後、19時、丸ビルホール入りでWOWOW連ドラW「株価暴落」の完成披露試写会の舞台挨拶に登壇した。俺も今日お客さんと同様に第1話を観たが、良い上がりで早く第2話が観たくて仕方無い。22時半頃に帰宅。ポコがもう寝ていて少し残念……。

10月8日

今日は昼過ぎに起きたら家に誰も居なく、特にやる事も無いので、前からやろうやろうと思っててなかなか出来なかった事をやった。壁のクロスが剥がれていたのを修理したり、ポコに買ってやった黄楊の櫛に椿油を塗ってやったりして、気になっていたのでスッキリとした。夕方に30分のウォーキングをやって帰って来たらポコとママも帰って来た。19時、新宿よしもと本部入りで「ナマイキ！　あらびき団」の生配信にゲスト出演。藤井君と東野に挟まれて楽しい二時間を過ごした。色んな魚が居る様に色んな芸人も居る。皆既月食の夜に深海魚の様な芸人さん達を沢山見る事が出来て感動した。ハリウッドザコシショウ優勝おめでとう！

10月9日

朝からポコと二人で近所の内科を仲良く受診した。二人共仲良く同じ症状の風邪だった。薬を沢山貰って帰宅。12時45分、迎えの車両にて自宅から御殿場の現場入りして、テレビ東京水曜ミステリー9「借王シャッキング〜華麗なる借金返済作戦〜」のクランクイン。哀川翔さんと10年振りの共演で、役者の仕事を続けて良かったと思った。翔さんは10年前と全然変わってなくて嬉しかった。撮影は雨も運良く避けて、日付変わって1時前まで初日なのに皆頑張った。泊まりは天然温泉付きのホテルなのに、25時までで入れず、地方ロケの役者あるあるになってしまった。ファミリーマートで買ったどん兵衛を食べて寝よう。

10月10日

8時半頃自然に目が覚めてレストランで朝食を食べて、部屋でダラダラと備え付けのマッサージチェアを使ったりして過ごした。11時15分ホテル出発で現場に入り撮影。デイとナイト合わせて8シーンを撮り、19時半に俺の出番は終了し、ホテルに帰り本日も泊まり。ホテル周辺を30分ウォーキングして今夜は温泉にゆっくりと入り、少し楽になった。明日もう一日御殿場で撮影して東京に帰る。早くママとポコの顔を見たい。

10月11日

目が覚めたら10時を過ぎていて、9時間程寝た様でスッキリとした朝だった。こんなに長時間の睡眠は久しぶりだった。ホテルの朝食は間に合わなかったので、スタッフが届けてくれたロケ弁おにぎりを部屋で食べた。二個入りの一つが肉巻きおにぎりで旨かった。地方のロケ弁は東京とは一味違って嬉しい時がある。11時45分ホテル出発で現場に向かい、今日は短いシーンが3つ連続で15時前に終わった。マネージャー運転の車で一旦自宅に戻り、30分のウォーキングをして家で夕食を取り、23時、渋谷NHK入りで「ケータイ大喜利」の生放送。1時半頃に帰宅。自分の体調もだが、ママもポコも大分風邪が良くなっていて良かった。

10月12日

12時過ぎに起きて昼御飯を食べて14時に迎えのタクシーに乗った。家を出る時にポコが「わたしもいっしょにいきたい」と泣いた。後ろ髪を引かれて切ないけど、どこか嬉しい父親の気分。タクシーに乗ったらまた直ぐにポコに会いたくなった。羽田から能登まで飛んで、輪島市に明日の撮影の為に前乗り。まだ台風の影響は無かったが、明日の東京戻りが少し心配だ。ホテルの周りを30分、日課のウォーキングをして、後はホテルの部屋に籠って明日の準備。このホテルで今夜眠れるかどうか心配だ。多分眠れないと思う。

10月13日

8時、携帯のアラームで起きて、ホテルで朝食を取って支度場所入りして10時から撮影開始。本日より平成27年度前期NHK連続テレビ小説「まれ」クランクイン。第10話12シーン、市役所内にて、俺はヒロインの恋人の父親、市役所職員・紺谷博之役。脚本が秀逸でクスクス笑ったし、田中裕子さんのシーンを読んでて泣いてしまった。先が楽しみなドラマ。役柄の設定上、ヒロインの土屋太鳳さんに初対面の挨拶はきっちりとしたけど、後は冷たくしてしまい、少し心が痛む。台風19号が本土に上陸してる影響で帰りは大事を取って金沢迄タクシーで行って、飛行機の運航状況を見て最悪電車で東京に戻る事を考えたが、17時、小松発の便で羽田に行けた。フライトまで時間があったので、金沢駅でママには大好きな笹の葉寿司、ポコにはアンパンマンの小さな手さげポーチと赤ちゃんマンのぬいぐるみをお土産で買った。19時、赤坂TBS入りで19時45分から23時まで「キングオブコント2014公式裏チャンネル」の生配信を陣内智則と二人で行った。昨年もやらせてもらったが、全体的にユルユルで俺は好きだ。シソンヌ優勝おめでとう。23時半頃帰宅。

10月14日

7時45分、自宅出発で亀戸の現場入り、9時開始でテレビ東京ドラマ「借王」の撮影。4時間睡眠で少し辛い。石丸謙二郎さんに久しぶりに会って嬉しかった。相変わらずのいい声と無駄の無いお芝居だった。11時半頃に終わり、少し早いが羽田空港に向かって蕎麦を食べ、ラウンジでコーヒーを飲んで、15時発の便で能登に飛んだ。昨日とは違い台風一過、青空だった。今日は前乗りでやる事も無いので、ウォーキング30分で少し汗を掻き温泉に入った。ホテルのレストランで夕食を食べて明日の台詞チェックをして早めに就寝。

10月15日

6時45分ホテル出発で現場に入り、NHK連続テレビ小説「まれ」の撮影。小さな小さな漁村で裏側は山で絵に描いた様な風景だった。この場所がドラマの中心となる。8時半頃に撮影が終わり、タクシーで二時間走り金沢駅に到着、昼御飯を食べてサンダーバード号に乗って京都に入った。ブーツの革紐が切れてしまったので、辻本さんに電話して京都のザ・リアルマッコイズで入手する事が出来て助かった。夜、京都駅にママとポコを迎えに行って「彦ｓｔｙｌｅ」という無農薬の店に3人で行き、夕食を食べた。今日から3日間、家族3人で京都に泊まる。

10月16日

京都国際映画祭初日。9時頃にママとポコと3人で朝食をホテルで取り、ママとポコは京都の街に出掛けていって、俺は少し部屋で休憩して、12時45分ホテルロビー出発で祇園甲部歌舞練場にて14時からレッドカーペット。「ミヤネ屋」の中継を映画『ａｔ Ｈｏｍ ｅ』のキャスト達と受けたりした。映画『振り子』にも出演しているので、研ナオコさんや松井珠理奈さん達ともレッドカーペットを歩いた。長い長いオープニングセレモニーが終わり、祇園花月にて映画『ａｔ Ｈｏｍｅ』のワールドプレミア上映の舞台挨拶。その後やっと食事をして一時間休憩してＫＢＳのインタビューを一つ受けてから「大魔神上映特集」のゲストで木村祐一と二人で15分程のトークを上映前にして本日の仕事は終わった。22時過ぎにホテルに帰った。とにかく疲れたの一言。少し風邪がぶり返してきた様で体が熱っぽい。これは早く寝るしかない。今日は英美の月命日だった。英美と京都に来てみたかったな。

10月17日

9時ホテルにて家族3人仲良く携帯のアラームで起きた。昨日と同じく美濃吉で和朝食を食べて、ママとポコは京都の街に出ていった。俺は部屋で衣裳の白タキシードに着替えて、桂川のイオンシネマ入りし、研ナオコさん、松井珠理奈さん、竹永監督と共に映画『振り子』の舞台挨拶。その後、研ナオコさんと二人で「オリコン」の映画に関する取材を写真も含めて30分程受けた。これで今回の映画祭での俺の仕事は全て終わった。ホテルに戻ったらママとポコが部屋に帰っていて、３人で旨いわらび餅を食べた。夜は俺だけ別行動で「京都コンシェル新聞」の丸野さん達とハイアットリージェンシーホテルで食事をした。22時頃にホテルに帰って一日が終わった。

10月18日

今日も9時に起きてホテルで朝食を食べた。昼に京懐石の店を予約していたので今朝は洋食にした。11時にホテルをチェックアウトして市内を散歩し、買い物もして昼食を食べた。秋の京懐石に舌鼓を打った。その後祇園で正月用の丹波の黒豆を買って、京都駅に向かい、ホテルで荷物を受け取って15時54分の新幹線で帰京した。夜は家で御飯を食べて、21時半、渋谷ＮＨＫ入りで楽屋にて「ケータイ大喜利」のリハーサル迄の時間、日本テレビ「ガキの使いＳＰ」の打合せをした。その後リハーサル、生本番と行い、1時半頃に帰宅。今夜は家のベッドで眠れるので嬉しい。

10月19日

昼過ぎに起きてポコと二人で昼御飯を食べて近所の内科を受診した。前の風邪がまだ治り切ってないようで、再度強い薬を出してもらった。明後日からポーランドなので、病院の薬があるのは心強い。その後ウォーキングを兼ねてポコと散歩して、ママに頼まれた買い物をして、公園でポコと遊んで夕方家に帰った。夕食後にポコと風呂に入ってまたいっぱい遊んだし、親子を満喫した一日だった。ポーランド行きの用意をして明日の台本を少しチェックして一日が終わった。ポコを今日は沢山抱っこしたせいか腰が痛い。

10月20日

9時35分、自宅出発で大泉学園のスタジオ入りでテレビ東京「借王シャッキング～華麗なる借金返済作戦～」の撮影。昼休憩の時に、哀川翔さんに昔共演させてもらった映画『ワースト☆コンタクト』のＤＶＤにサインしてもらった。51歳になって、若い時は思わなかったけど記念に台本やＤＶＤにサインをしてもらう事が多く、体だけではなく心も年を取ってそろそろ人生の思い出作りをしてるんだなと感じる。撮影は21時半に終了し、俺は全体より二日程早くオールアップとなった。22時半頃に帰宅して直ぐに近所を30分間ウォーキングして、リンゴを丸ごと一個かじって食べた。明日のポーランド行きの残りの用意をしてポコの寝顔を見て就寝。

10月21日

7時25分、自宅を出発して成田空港へ行き、11時発のフィンランド航空にてヘルシンキ経由でポーランドのワルシャワに、日本より7時間マイナスで18時頃に着いた。約12時間程の長い旅で疲れた。ホテルにチェックインしてから日本人スタッフの人に夕食に連れていってもらい、ポーランドの料理でギョウザのようなピエロギを食べて旨かった。見た目はギョウザで中身がニンニクの利いた芋のすりつぶしたような物だ。食事後、ホテル近くのスーパーマーケットにミネラルウォーターを買いに行ってから部屋に戻った。明日は初日から朝の6時起きだ。じたばたせずにさっさと寝よう。枕を持ってきて正解かも。

10月22日

6時20分ホテルロビー出発でチェリン・グラック組『杉原千畝』(仮) の撮影。俺は二日間の撮影で、今日が初日。ほとんどのスタッフがポーランド人、アメリカ人の中での日本映画なので、映し出し方が日本人が撮るのとは良い意味でのズレがあって、いい出来になるのではと期待が俺の中では大きい。主演の唐沢寿明君とは初めて仕事をして、夜は御飯に誘ってもらい、すっかり御馳走になってしまった。ポーランド料理のレストランで、最初に出てきたパンで出来た丸い器に熱いスープが入っているやつが旨くて、ポーランド迄来た値打ちがあったと思う。昼のケータリングのボルシチも最高で、この国には色んな種類のスープがある様で、明日の昼も楽しみになってきた。22時頃にホテルの部屋に戻った。

10月23日

11時、ホテル出発でワルシャワ市内の現場に入り、チェリン・グラック組映画『杉原千畝』（仮）の撮影。今日は唐沢君と小雪さんと3人のシーンを昼間に撮った。今日から急に気温が下がり、体感的には日本の正月明けの様な寒さ。春の設定なので3人で震えながら芝居をした。夜は短いシーンを唐沢君と二人で撮り、本日というか、俺のポーランドロケは全部終わり、オールアップとなった。18時前には終わったので、街へ出てママに白い麻のテーブルクロスと、ポコには傘とレインコートをお土産で買った。その後カフェでキッシュとスープを食べて、歩いてホテルに帰った。帰りの荷造りをして就寝。

10月24日

6時半頃に目が覚めてホテル周辺を30分ウォーキングと、後はダラダラと散歩して、スーパーマーケットで朝食の巻き寿司とサンドイッチを買って部屋に帰った。11時にホテルをチェックアウトし、ワルシャワ空港に向かい、13時5分発の便でヘルシンキに飛んだ。乗り継ぎをして、17時15分発で成田に飛んだ。夕食後に映画『猿の惑星』を観て就寝。

10月25日

3時間くらい寝たのか、日本時間で6時過ぎに目が覚めた。到着前に朝食が出て、9時頃成田に着いた。成田エクスプレスで11時頃に品川に着いて無事に帰宅。ママはテーブルクロスを喜んでくれて、ポコも傘が気に入ったのか、家の中でさして嬉しそうだった。12時半に予約して表参道で髪を少しだけトリミングしてもらいサッパリした。その後、一人で腹が減ったので塩鯖焼定食を食べて、ママに頼まれた金目鯛を紀ノ国屋で買い、30分ウォーキングをしながら家に帰った。夕食はママの料理を食べて、ポコと一緒に風呂に入った。少し離れるとまた家族の愛おしさが増す。

10月26日

8時50分、羽田発の飛行機で能登に飛び、NHK連続テレビ小説「まれ」の撮影。今日の輪島は雲一つ無い空で、風も穏やかでポカポカ暖かかった。ホテルにチェックインして撮影開始まで時間があったので、港の周辺を30分ウォーキングした。少し汗を掻いたのでシャワーを浴びて、12時5分ロビーを出発して撮影を開始した。市役所と港でロケをして、俺の第一次の輪島ロケは全て終わった。次は渋谷NHKのセットでの撮影となる。輪島泊。

10月27日

昨晩早く寝たせいもあるが、6時頃に目が覚めた。ホテルのレストランで朝食を食べて、ウォーキングしようと外に出たら、パラパラ雨が降ってきたので戻って温泉に入って出発時間まで部屋でゆっくりとした。9時20分ホテル出発で能登空港まで送ってもらい、10時40分発の便で羽田に飛んだ。来年の春にはまたロケで輪島に来る予定なので、今回特に記念のお土産は買わなかった。夜は家で飯を食い、ウォーキングも30分して色々と気が済んだ。当分は家を空ける事も無いのでなんか嬉しい。

10月28日

11時過ぎに起床して、蕎麦を食べて仕事に出掛けた。13時、砧スタジオ入りでYTV「秘密のケンミンSHOW」にゲスト出演。前回場違いな感じがあったので、今回の依頼は意外だった。その後、下北沢ザ・スズナリで矢部太郎の出演舞台『世界は嘘で出来ている』を観劇。19時半開演に間に合わず立ち見だった。ここの劇場は狭苦しいので、立ち見の方が俺はストレスが無く集中出来た。でも最初から観たかったと思う程役者さん達が良かった。再演があれば是非また足を運びたい作品だ。終演後は矢部太郎や観に来ていた田中麗奈ちゃん熊谷真実さんらと久しぶりに食事をした。下北沢で舞台を観て食事をすると、笹塚に住んでた頃を思い出し、英美とベビーカーでよく散歩に来たなと少しセンチメンタルな気分になる。

10月29日

12時過ぎに起きて、近所のレストランに定食を食べに行った。今日は11月から稽古が始まる舞台『ロンドン版ショーシャンクの空に』の台本をもう一度ゆっくりと読んだ。ぼちぼち台詞も入れないとと思い、覚え始めた。夕方にウォーキングも兼ねてポコを保育園迄迎えに行った。夜はお風呂も一緒に入って、平穏な一日が過ぎていった。大事な大事な一日だった。

10月30日

昨晩寝る前から頭痛がしていて、今朝11時過ぎに目が覚めてもまだ痛かった。蕎麦を茹でて昼御飯を食べ、掃除機を全部の部屋に掛けた。洗濯物を取り込んで、近所の病院で予約しておいたインフルエンザの予防接種を受けた。帰り道、少し遠回りをして30分間のウォーキングで帰宅した。薬を飲んでも頭痛が治らず、ソファーで一時間程仮眠した。17時過ぎにポコを保育園に迎えに行って、帰って来たら頭痛は治っていた。ポコと一緒に御飯を食べて風呂に入って、21時頃にポコを寝かし付けたらママが帰って来た。今日のポコは時々「ママは?」「ママはどこいったの?」と俺に聞いてきて、少し不安そうな感じだった。やっぱり小さい子は母親が居ないと不安なんだなと思った。

10月31日

今日も起きたのが12時頃で、一人で飯を食ってから舞台『ショーシャンクの空に』の台詞を家で黙々と覚えた。17時頃に家からウォーキングでポコを保育園に迎えに行った。帰りはポツポツと雨が降り出してきて、傘を持ってきてなかったので急いで帰った。19時頃にママが帰って来て、3人で食事をした。今日はハロウィンなので特別に食後にみんなでチョコレートケーキを食べた。久しぶりのケーキにポコは嬉しそうに楽しそうにケーキを頬張っていた。あまりの可愛さに、毎日ケーキを食べさせてやりたくなった。

11月

11月1日

12時半頃にようやくベッドから出た。寝たり起きたりだが、12時間近くダラダラと寝てスッキリとした感じ。御飯を食べてから15時に雨の中ポコを近所の歯医者さんに連れていった。虫歯は無く、下の前歯に少し歯石が付いていたので取ってもらい、フッ素を最後に塗ってもらった。ミニーマウスのピンクの歯ブラシを先生に貰って御満悦で帰って来た。家族でママの御飯を食べて、22時40分頃に迎えのタクシーで渋谷ＮＨＫ入りし、0時5分から「ケータイ大喜利」の生放送。1時半頃に帰宅。

11月2日

9時半頃にポコに起こされて、朝から一緒に遊んだ。昼に二人で蕎麦を食べて、13時半頃からお昼寝も一緒にして、夕方は少し暗くなってたけど、お散歩とママに頼まれた買い物をした。夜はママ手作りのラザニアを家族3人で食べた。ママとポコは早く寝てしまい、俺は明日から稽古が始まる舞台『ショーシャンクの空に』の台詞を覚えて寝る事にする。

11月3日

11時起床。昼食を家で食べて、13時、新宿村スタジオ入りで舞台『ロンドン版ショーシャンクの空に』の稽古が始まった。一日から稽古が始まっている様で、俺は今日からで蔵之介君と國村さんはまだ合流せず欠席だった。白井さんの演出を受けるのは初めてだが、丁寧に優しく進んでいく感じが心地良い。18時頃に終わり、30分間ウォーキングをして途中からタクシーに乗り帰宅。家まで歩いたっていいけど、運動は遣り過ぎない事が長続きする方法の一つかなと思うので、過剰な自己満足になる手前で止めた。台詞いっぱいあるけどちゃんと覚えられるかな？　稽古開始当初は毎回不安だ。

11月4日

本日も13時、新宿村スタジオ入りで舞台『ショーシャンクの空に』の稽古。少しずつ前に進んでいく感じ。とにかく今は早く台詞を頭に入れて、動きと共に前に出る様にする事だ。第一幕迄は今週中にはそう持っていきたいと思う。皆より一時間早く上がらせてもらい、17時過ぎにスタジオを出た。途中30分程ウォーキングをして後はタクシーに乗って帰宅した。ママの作った夕食を食べて、ポコとお風呂に入って癒された。家族が寝てから台詞を頭に叩き込んで就寝。当分こんな日が続くだろう。

11月5日

13時、新宿村スタジオ入りで舞台『ショーシャンクの空に』の稽古。今日からレッド役の國村隼さんが合流したので、前半を皆で本読みして、一幕、二場の立ち稽古を行った。國村さんのレッドはベストキャスティングだと思う。そこに立って居るだけでレッドだった。19時に終わり、新宿歌舞伎町でキングレコードの大月さんと食事会。矢部太郎とキングの女性二人と計5人で焼肉を食べた。21時半頃に解散して少し歩いていたら腹が痛くなって下痢をした。多分キムチとかユッケジャンとか辛い物を食べ過ぎて、腹がびっくりしたんやと思う。22時過ぎに帰宅。今夜は何もせずに早く寝よう。

11月6日

12時10分、新宿村スタジオ入り、スタジオ内ラウンジスペースで『板尾日記10』の写真打合せを少しして、稽古場にて衣裳の採寸を行ってから稽古に入った。今日でなんとなく第一幕は台本を持たずに立ち稽古出来るようになったかなという感じだ。でも第二幕の方が台詞が多いのでこれからが正念場だ。19時に終わり途中でタクシーを降りてウォーキングで帰宅した。もう毎日最低30分は歩かないとウズウズしてくる様になってきた。今夜も就寝まで台詞と格闘。

11月7日

12時半、新宿村スタジオ入りで日本テレビ「ガキの使い 絶対に笑ってはいけない大脱獄24時！」の打合せを30分程行って、今日も13時〜19時で舞台『ショーシャンクの空に』の稽古。舞台の稽古は正直言って毎日長時間拘束されて辛い。早く日々が過ぎて本番当日にならないかな、と舞台の仕事をやる度に思う。でもこれが無いと達成感が無いのも分かっている。明日はようやく稽古は休みだ。

11月8日

10時頃に目が覚めたけど、ダラダラと二度寝して12時半頃にベッドを出た。久しぶりによく寝た感じでなんかホッとした。今日は一日中ぐずついた天気で、気温も上がらず肌寒かった。夕方にポコを保育園に迎えに行った。行きはウォーキング、帰りは二人で電車に乗った。ポコは本当にお喋りが上手になり、色々と出来事を教えてくれるので可愛いし楽しい。23時、渋谷NHK入りで「ケータイ大喜利」の生放送。1時半頃に帰宅。

11月9日

11時半頃にポコに起こされてベッドから出た。朝から可愛くて悪くない目覚めだった。御飯を食べてママにおにぎりを作って持たせてもらい、今日は夕方から雨の予報だったので、家から30分程ウォーキングして、途中でタクシーを拾って新宿村スタジオに向かった。15時から舞台『ショーシャンクの空に』の稽古。今日は蔵之介君は代役ながら、一幕の立ち稽古が最後までざっと出来た。19時前に終わり、スーパーで少し買い物をしてから帰宅した。夕食後、家族が寝静まってから今夜は頭を切り替えて、NHK朝ドラ「まれ」の台詞を覚えた。今週は色々と仕事が重なって大変な事になりそうだ。

11月10日

11時頃に起床し、飯を食って、12時25分タクシーで自宅を出て、13時、新宿村スタジオ入りで今日も舞台『ショーシャンクの空に』の稽古。今日から佐々木蔵之介君が稽古に合流した。なので全員でもう一度本読みを二時間程掛けて行ってから、立ち稽古となった。やっと役者も揃い、本格的に稽古が始まったという感じだ。疲れが溜ってきているのか、今日は一日中怠くて眠くて仕方無かった。19時に稽古が終わり帰宅。今日も最初30分はウォーキングして、途中からタクシーに乗って帰った。今夜も寝る前に朝ドラの台詞を覚えて、2時過ぎに寝た。

11月11日

曇り時々雨のぐずついた天気で肌寒い一日だった。13時、新宿村スタジオ入りで本日も舞台『ショーシャンクの空に』の稽古。稽古前に顔合せの儀式があり、今更という感じもあったが、これでやっと気持ち良く始まった。初日まで一ヶ月となり、毎回の稽古が無駄にならないようにしようと思う。19時に稽古が終わり、途中でタクシーを降りて、30分程今日もウォーキングをして帰宅。毎日充実しているのだが、家と稽古場の往復だけで息が少し詰まってきた。

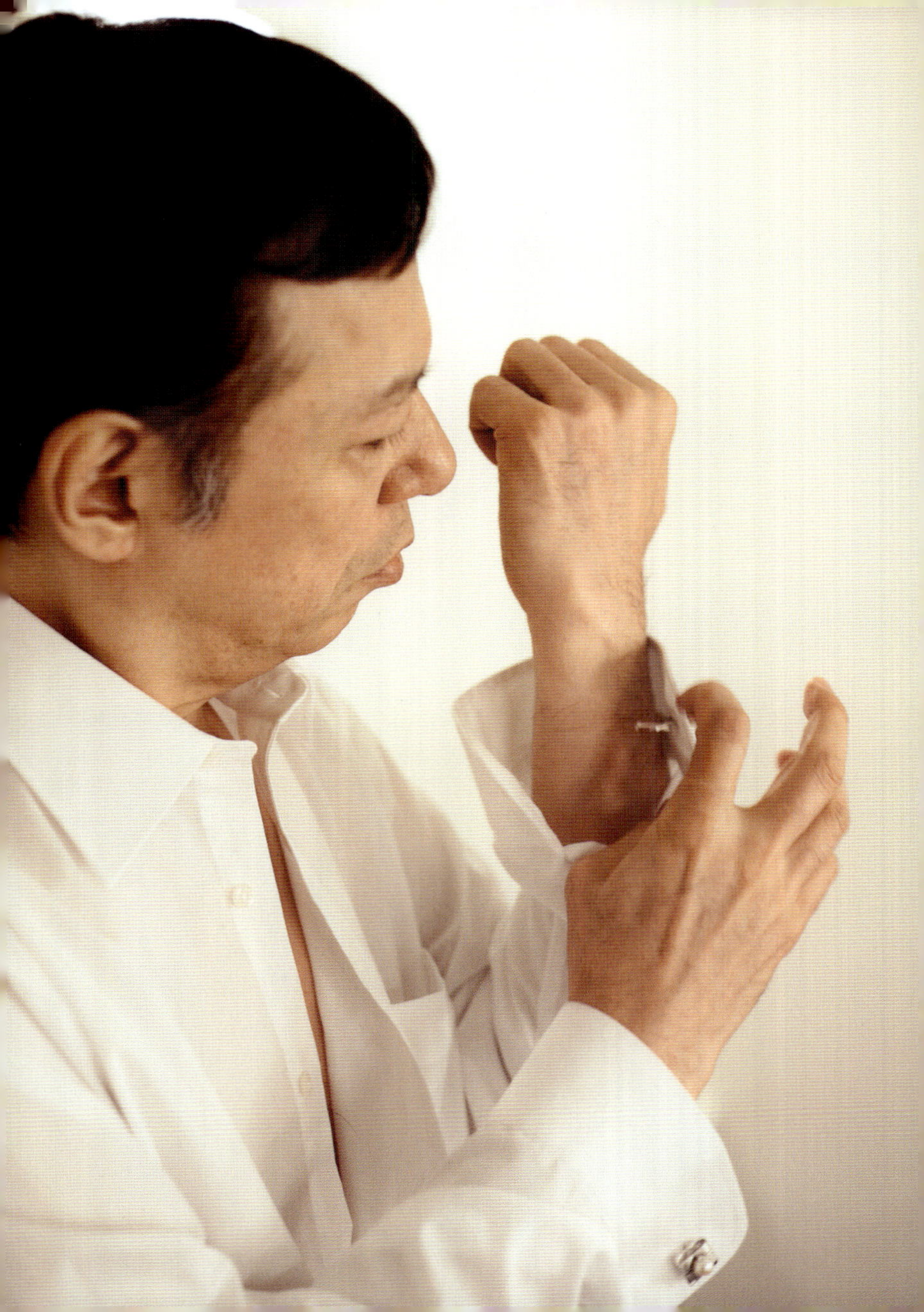

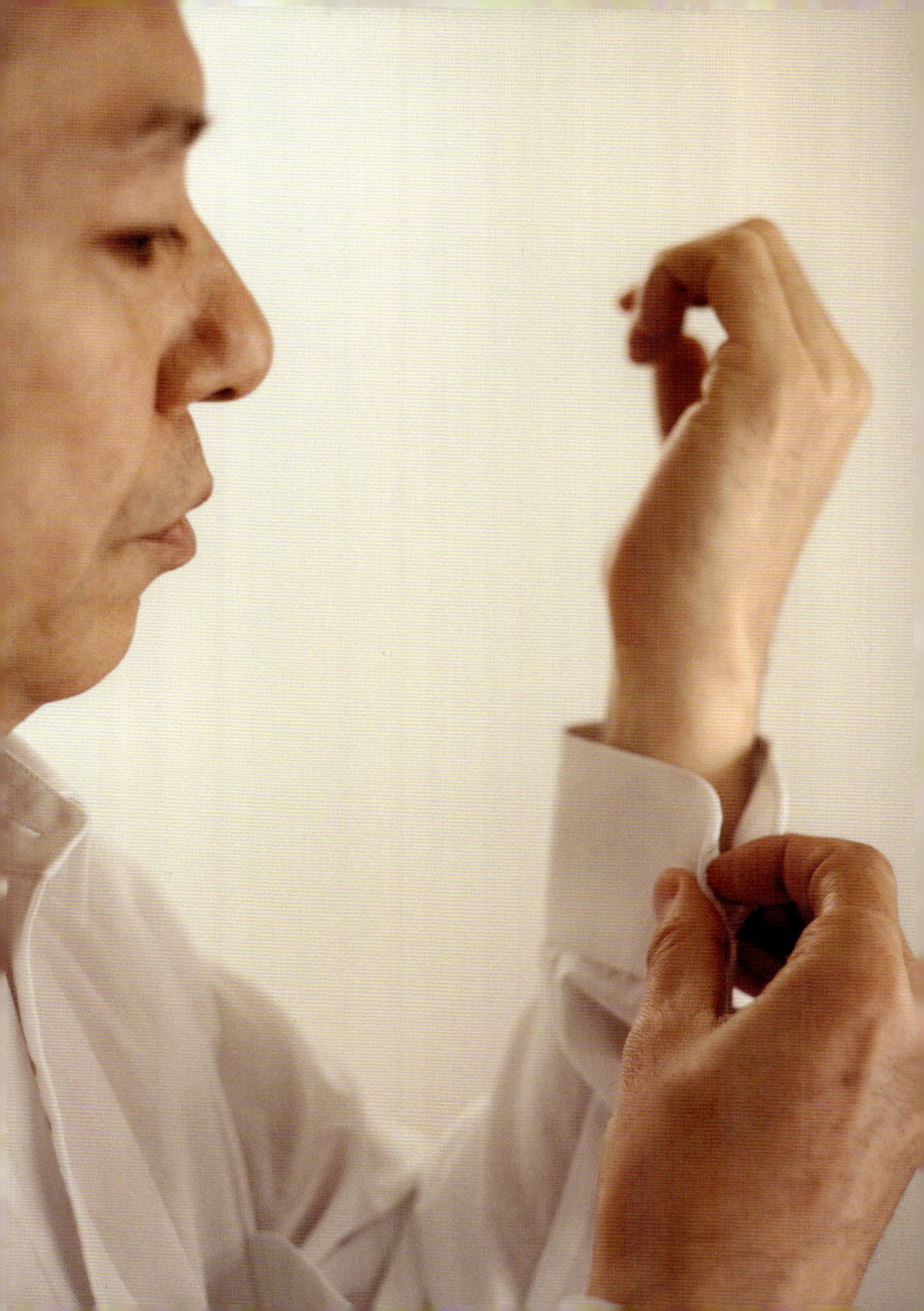

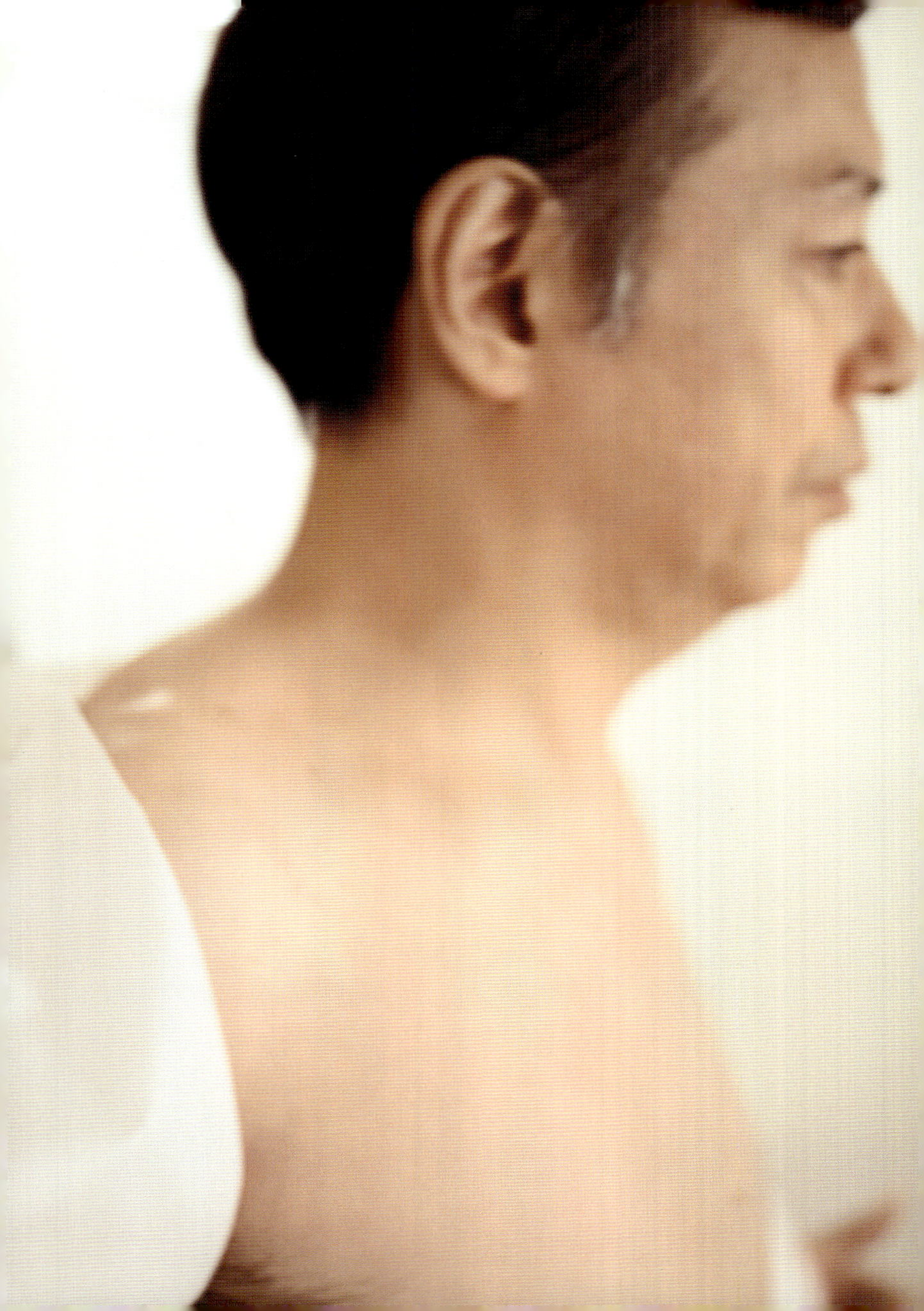

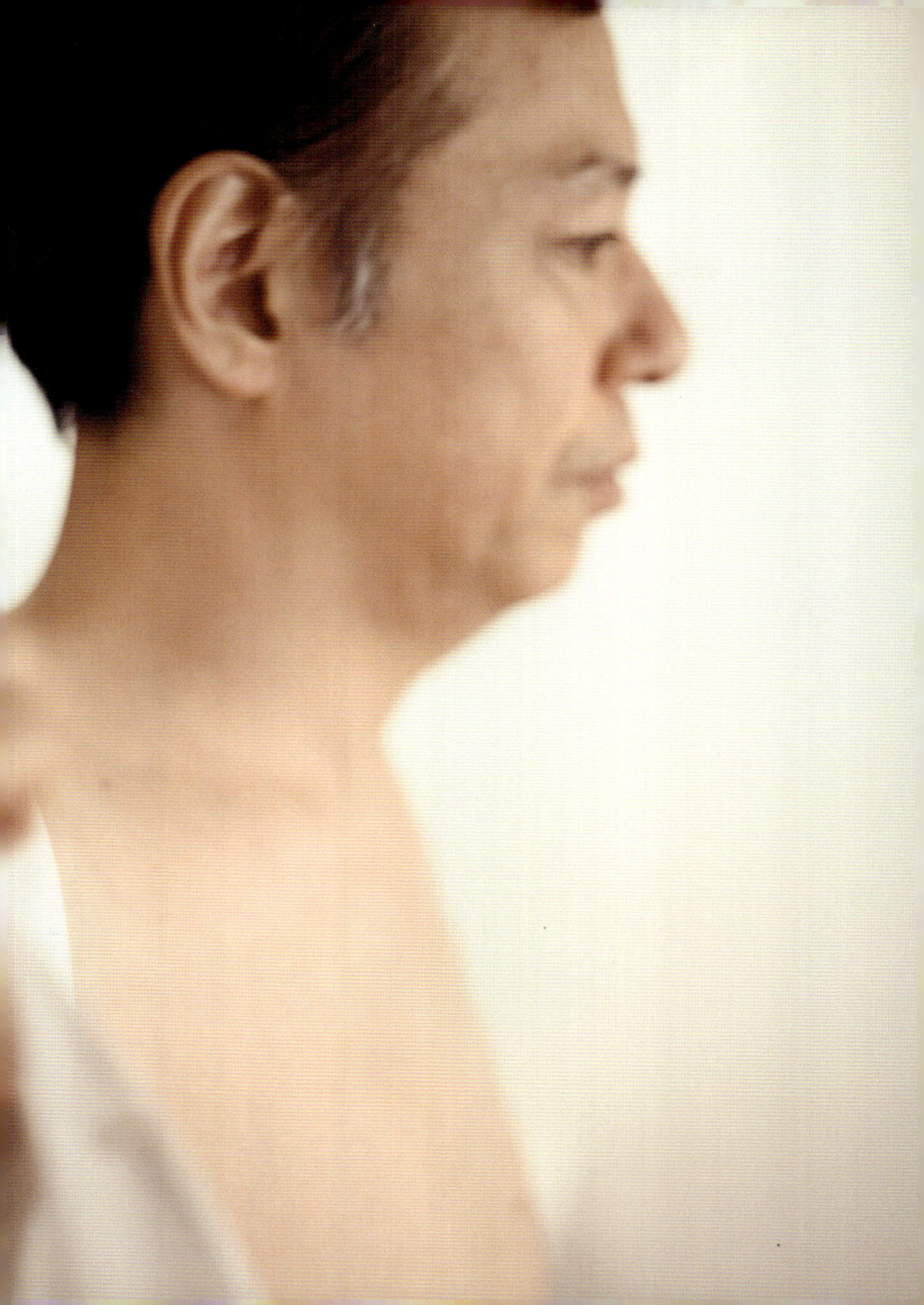

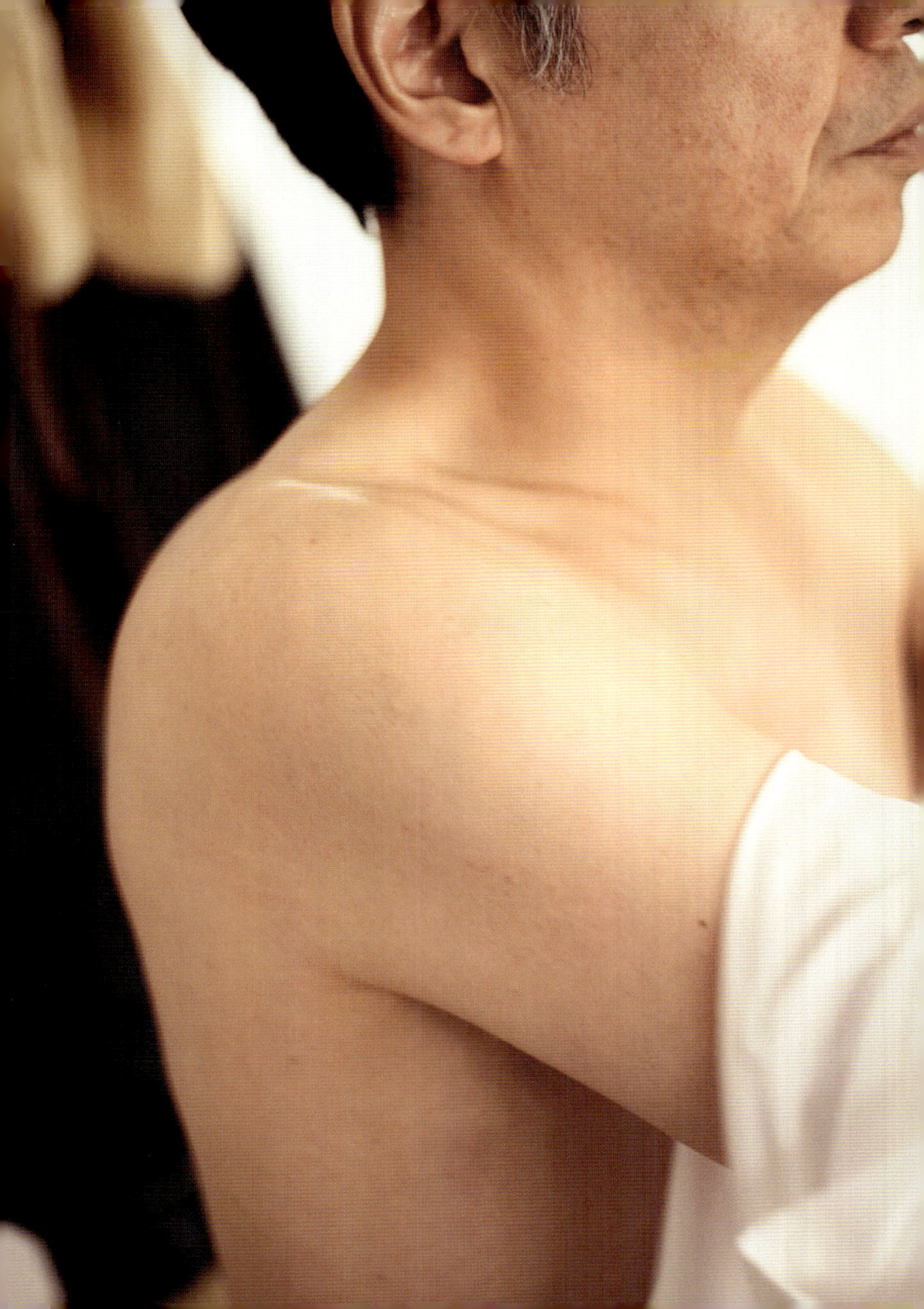

11月12日

今朝は無駄に6時半頃に目が覚め、腹が減ったので蕎麦を食べてもう一度寝て、10時15分に再び起きた。11時、汐留日本テレビからロケバスに乗って、栃木県佐野市の現場に入った。今日は年末の「ガキの使い 笑ってはいけない」シリーズの収録を行った。今年は刑務所が舞台で、脱獄囚をやり、3ネタ3ブロックを収録した。ハーネスで吊ってはいるものの、天井の配管を伝って移動するネタはキツかった。特に首がリハーサルの時点で痛かった。俺の出番は18時半頃に終わり、真っ直ぐに帰宅。このロケが終わるとそろそろ今年も暮れ行く感じが毎年ある。来年の設定は何だろう？　楽しみだがぼちぼち出尽くした感が否めない。

11月13日

9時40分、渋谷NHK入りで連続テレビ小説「まれ」の収録。昼休憩を挟んでの2シーンをNHK館内でのロケ。久しぶりに一階の食堂に食べに行った。安くも高くもなく、旨くも不味くもなかった。16時前に終わり、新宿村スタジオに移動して17時から舞台

『ショーシャンクの空に』プログラム用プロフィール写真撮影と公式ホームページ用コメント収録を行った。その後18時半、世田谷下馬のスタジオ入りでＷＯＷＯＷ「徹底解剖！連続ドラマＷの世界」という特番の収録。この番組で俺はナビゲーターを務めた。21時頃に終了して帰宅、今夜も30分ウォーキングをして、途中からタクシーに乗った。今日は色々と盛り沢山で疲れた。久しぶりにマッサージに行きたい気分だ。

11月14日

夜中に、胃が痛くて目が覚めた。とりあえずカイロで腹を温めて寝た。朝起きたら咽が痛く、鼻水も出るので病院に行った。血液検査をしてもらったらウイルス性の風邪だと言われ、今回は抗生物質は処方されず、普通の感冒薬が出た。今日は仕事が休みだったので、神保町のいつものクリニックまで行き、高濃度ビタミンの点滴を打ってもらった。これで悪化しなければいいが……。夕方にポコの迎えに行った。今日はさすがにウォーキングは中止して家で安静にしていた。明日は朝から夜中までハードな一日だ。なんとか乗り切らなくては……。

11月15日

6時半、渋谷NHK入りで連続テレビ小説「まれ」の収録。風邪でしんど過ぎてあまり眠れなかったので、腰掛けて目を閉じると眠りに落ちそうになる辛い一日だった。11時過ぎに撮影は終わり、新宿村スタジオ近くの大戸屋で昼飯を食べて、13時入りで舞台『ショーシャンクの空に』の稽古。何度もウトウト居眠りをして、所々記憶を失くしながら21時まで稽古した。再び渋谷NHK入りで「ケータイ大喜利」の生放送を頑張った。1時半頃に帰宅して、風呂に入って、何も出来ずに就寝。こんなに一日中眠かった日は久しぶりだった。一つ山を越えたので、明日からは舞台の稽古に集中できる。

11月16日

13時、新宿村スタジオ入りで舞台『ショーシャンクの空に』の稽古。7時間程眠れたので今日は稽古に集中出来た。今日も21時まで稽古をして帰宅。英美の月命日なので、帰りにお墓に寄って少し話して家に帰った。ママとポコがママの実家に行っているので、静かな家で少し寂しい。風邪も大分良くなったので、今夜は舞台の台詞を覚えて2時頃に就寝。

11月17日

今日も13時、新宿村スタジオ入りで舞台『ショーシャンクの空に』の稽古。なかなか自分のシーンの稽古が始まらず、4時間近く椅子に座ったまんまで疲れた。もう少し効率良くやって欲しい感じだ。20時頃に終わり、今夜も途中までウォーキングで帰った。家の中は静かで台詞を覚えるのにはもってこいだが、家族が居ないのは寂しい。

11月18日

本日も13時、新宿村スタジオ入りで舞台『ショーシャンクの空に』の稽古。そろそろ心身共に疲れがピークに近い感じ。台詞を覚えても覚えても次々に追い掛けてくる感じ。ここを乗り越えれば芝居が楽しくなり、もっと自由に稽古が出来ると思う。20時過ぎに終わり、今夜もウォーキングをしながら誰も居ない家に帰宅。早くママとポコが帰って来ないかな……。

11月19日

13時、新宿村スタジオ入りで今日も舞台『ショーシャンクの空に』の稽古。昨晩は久しぶりに薬を飲んで寝たせいか、9時間ぐっすり眠れた。本日は粗くだがラストまで立ち稽古が出来た。今夜も20時過ぎに稽古は終了。帰り道のウォーキング途中にカレー屋の前でどうしても食べたくなったので、野菜大盛カレーとサラダを食べた。ずっとカレーを食べるのを控えていたのでスッキリと幸せな気分になった。

11月20日

11時45分、北青山の糸井重里事務所入りで「ほぼ日刊イトイ新聞カロリーメイツの夕ごはん、その前に。」の取材。東北のおいしい食材を使った昼御飯を食べながらトークをする動画を撮った。糸井事務所の小池花恵が作った料理がマジで旨くて、ラッキーな昼飯だった。その後13時から新宿村スタジオで舞台『ショーシャンクの空に』の稽古。今日やっと俺は一応台詞が頭に入ったようで、台本を持たずに立ち稽古が出来た。明日からはもっと質を上げていく作業になる。今日は雨なので真っ直ぐタクシーで帰宅。なんか体がムズムズして物足りないと言っているようだ。

11月21日

11時、新宿村スタジオ入りで舞台『ショーシャンクの空に』の稽古。今日はいつもより開始時間が早く、リズムが狂って少し眠くて頭が皆冴えないようだ。久しぶりに一幕を稽古したけど、台詞が所々飛んで、まだまだ覚え切れてない事を自覚した。本日は16時に稽古が終わり少し嬉しかった。スタジオのロビーで、後日ロケをするフジテレビ「勝手に◯◯グランプリTHE出走」の打合せを少しした。途中ウォーキングをしながら真っ直ぐ家に帰り、台詞のチェックを今夜は徹底的に納得するまでやった。明日はママとポコが帰って来る。早く明日になれへんかな……。

11月22日

12時過ぎに起きた。今日は舞台の稽古が休みで、日中はのんびり近所のマッサージに行って、30分のウォーキングをした。夕方にママとポコが帰って来て、家の中が明るくなった。3人で久しぶりに夕御飯を食べた。23時、渋谷NHK入りで「ケータイ大喜利」の生放送のはずが、長野県のM6弱の地震のため、放送が中止になった。楽屋に3分居て帰宅した。被害が大きくなければいいが……。

11月23日

11時、新宿村スタジオ入りで舞台『ショーシャンクの空に』の稽古。一幕の後半を繰り返し稽古した。本日で新宿村スタジオでの稽古は終了し、明日からは森下の明治座の広いスタジオに移る。17時で今日は終わり帰宅。30分ウォーキングをして、途中から今日も夕クシーに乗った。夕食を家族で食べて久しぶりにポコと沢山遊んだ。一週間程会わないと、また少し背が伸びた感じがする。

11月24日

11時過ぎにベッドから出た。今日は稽古場の移動日で、役者の稽古は一日休みになった。ママが作ってくれた昼食を食べ終えたらママとポコが帰って来た。ポコが通い始めた体操教室に行ってきたらしい。ポコはその教室が気に入ってるらしくて、毎回くたくたになるまで体を動かして帰って来る。今日もベビーカーの上で爆睡しながら帰宅した。夕方にウォーキングを兼ねてポコを連れて小一時間程の散歩をした。夜は家で御飯を家族で食べて、ポコが寝てから自分の部屋で来月撮影するNHK朝ドラの台詞のチェックをして覚えたりした。長野の地震は死者が一人も出なくて本当に良かった。ご近所同士の助け合いに感動した。

11月25日

8時15分、世田谷区代田の現場入りでフジテレビ特番「勝手に◯◯グランプリTHE出走」のロケ。芸能人の家の冷蔵庫に卵が何個あるかというレースのロケ。川崎希・アレクサンダー家と橋本マナミ家と中村昌也家の3箇所をライセンスと回った。久しぶりのバラエティーのロケに違和感があるものの楽しかった。12時半、中野のスタジオ入りで「THE EMPTY STAGE」というイベントのオープニング説明映像の合成撮影を行った。米俳優のマシ・オカさんと共演した。その後、森下の明治座スタジオに移動して、21時まで稽古。ある程度セットが入ってスペースも広くなり、本番に近い状態でやり、実感が可也出てきた。帰りは雨が降ってたのでタクシーで真っ直ぐ帰宅した。

11月26日

13時、明治座スタジオ入りで舞台『ショーシャンクの空に』の稽古。二日連続気温も上がらず、冷たい雨。上のスタジオで矢部太郎も別の舞台の稽古をしていて、5月の舞台『きりきり舞い』を思い出す。昨晩は8時間程眠れたので今日は体調も良く、頭も体も軽い。20時に稽古は終わり、ウォーキングを途中までしてタクシーに乗り帰宅した。舞台初日まで２週間となった。

11月27日

11時半、森下明治座スタジオ入りで舞台『ショーシャンクの空に』の稽古。今日は稽古前に衣裳パレードがあり、ヘアも含め各場面の衣裳を決めた。俺は４回着替える事になった。20時に稽古は終わり、國村さん、福田転球さん、粟野史浩君と４人のキャストで森下駅前近くの地元の居酒屋に行った。この舞台の稽古が始まって、キャストの人達と飯に初めて行った。楽しい時間を過ごし、０時前に帰宅。夜道を歩くと寒く、冬になってきた感じがした。

11月28日

13時、森下明治座スタジオ入りで舞台『ショーシャンクの空に』の稽古。二幕の転換を含めた稽古を20時頃まで行った。昨日は歩かなかったので、今日は40分程ウォーキングを入れて帰宅した。21時半頃に帰宅したらママとポコは居なくて、ママの実家に帰っていた。日曜日に帰って来るらしいが、急なので余計に寂しい。

11月29日

雨のち晴れ。13時、森下明治座スタジオ入りで舞台『ショーシャンクの空に』の稽古。いつものように20時で終わり、帰宅。この舞台の稽古が始まって約一ヶ月が経ち、毎日の単調なリズムが窮屈に感じ出してきた。早く小屋入りにならないかなと思ってしまう。今夜も誰も居ない家に40分ウォーキングをして帰った。

11月30日

今日は家を早く出て、森下の駅前にある「京金」という店で蕎麦を食べてから稽古に行った。本日も13時～20時まで舞台『ショーシャンクの空に』の稽古。夕方頃から第二幕を頭から通した。1時間35分もあり、長いなという印象。これは3時間を超える舞台になりそうだ。スタジオから40分ウォーキングをして、タクシーに乗り、21時過ぎに帰宅。ママとポコが帰って来てて賑やかだった。ママの御飯を食べて心がホッとした。舞台初日まであと10日間の稽古を残すのみとなった。

12月

12月1日

昨日に続き今日も稽古前に森下駅前周辺で一人で昼飯を食ってからスタジオ入りした。前の明治座の稽古の時から行ってみたかった「みの家」という馬肉料理の店で、桜鍋を贅沢にも昼間から一人でつついた。13時から『ショーシャンクの空に』の稽古。夕方からは初の通し稽古でワクワクした。タイムは全体で2時間35分で、もう5分は短くなりそうな感じ。でもまあ休憩とカーテンコールを入れて3時間の舞台になるんだろうと思う。ダメ出しもあり、今夜は21時過ぎに稽古は終了した。今日は疲れたのと、明日が朝早いのでタクシーで真っ直ぐ帰った。夕食後に明日のドラマの予習を少しして就寝。

12月2日

8時20分、渋谷ＮＨＫ入りで連続テレビ小説「まれ」のスタジオ収録。メインのキャストが勢揃いで賑やかな現場だった。年内の俺の部分の撮影は本日で終わった。これで集中して舞台の稽古が出来る様になった。21時半頃に終わり、拘束時間は長かったけど今日のシーンは方言が無かったので、気分的には楽だった。子供時代の主人公まれが方言を喋ってるシーンがメチャメチャ可愛かった。22時半頃帰宅。今夜も疲れたのでウォーキングは中止した。

12月3日

13時、森下明治座スタジオ入り、舞台『ショーシャンクの空に』稽古。本日は衣裳ヘアメイク付きの通し稽古で、より本番に近い練習が出来た。小さいミスは幾つかあったけど、台詞は一応全部出て、プロンプに頼る事は一つも無かった。21時に稽古は終わり帰宅。今夜は30分間のウォーキングを入れて帰った。疲れが溜って体が重い。そろそろ休みが欲しい。初日本番まで残すところ7日のみになった。

12月4日

13時、森下明治座スタジオ入りで舞台『ショーシャンクの空に』の稽古。夕方からは今日も通し稽古。先月の3日に稽古に合流してから一ヶ月が過ぎ、本日でやっと台詞も気持ちも動きも自分の中で本番に向けての目処がついた。明日からはどんどんとそれに磨きをかけて行きたいと思う。益々楽しくなってきた。21時に稽古は終わり、今夜は雨が降ってたので真っ直ぐタクシーで帰宅。都内も気温が一桁で、吐く息が白かった。

12月5日

11時、森下明治座スタジオ入りで舞台『ショーシャンクの空に』の稽古。本日で稽古場での通し稽古は最後となった。今日は早く17時に稽古は終了した。18時、目黒警察前待合せでナイキジャパンの森部さんとエンタメチームの人と食事をした。新しい楽屋暖簾と白とシルバーのコンビのエアフォースワンを作っていただいて、感謝と感激の夜だった。各方面の色々な人達に支えてもらって、本当に俺は幸せ者だと思う。

12月6日

12時、森下明治座スタジオ入りで舞台『ショーシャンクの空に』の稽古。本日が最後のスタジオでの稽古。セットは劇場に搬入されていて椅子とか机とか簡単な道具だけで、演技部分の細かい演出が今日はあった。18時に終了して、劇場に持ち込む自分の荷物をまとめて退館となった。役者は明後日から劇場入りで、いよいよ舞台での稽古が始まる。ここから幕開けまでの仕上げが楽しいので俺は好きだ。今まで想定してやってきたものが現実になり、お客が入り、観せる。演劇は抽象の中のリアルであり、上演回それぞれで同じ舞台が二つと無い、幻の様に思える。19時に赤坂のクリニックでブロック注射とビタミン点滴を受けてから帰宅。家で夕食を食べてから、23時、渋谷NHK入りで「ケータイ大喜利」の生放送。1時半頃に帰宅。風呂にゆっくりと入って就寝。

12月7日

本日は久しぶりの完全一日オフの日。やらなくてはいけない事ややりたい事は沢山あるはずだが、何もやる気がしないし、考える事もしなかった一日。でもマッサージには行って、タリーズで二回コーヒーを飲んだ。夕食はリクエストした魚をママが焼いてくれて、ゆっくりと美味しく食べた。明日の小屋入りと舞台稽古が楽しみでワクワクする。

12月8日

12時半、日比谷シアタークリエ入りで舞台『ショーシャンクの空に』の稽古。本日から本番宛《さなが》らのセット、照明、衣裳等が全て揃い、役者は主に場当り稽古を21時まで行った。劇場は自宅から車で15分程で、新宿村スタジオに比べると半分以下の時間で、近いし、目の前が帝国ホテルで楽屋口から一歩出ると色々な店が沢山あり、便利で楽しい所だ。今夜も30分ウォーキングで帰宅。近いのでタクシーに乗る距離が短くて申し訳無い感じだ。残り二日間の稽古で本番初日を迎える。

12月9日

12時、日比谷シアタークリエ入りで舞台『ショーシャンクの空に』の舞台稽古。本日は第二幕の場当りが中心で、役者は出入りや転換の確認を行った。役者は休憩する時間はあるけど、スタッフは働き詰めで気の毒になる。21時半に終わり帰宅。今夜もライトアップされた綺麗な東京タワーを見ながらウォーキングをした。明日はいよいよゲネプロだ。

12月10日

11時、日比谷シアタークリエ入りで舞台『ショーシャンクの空に』の舞台稽古とゲネプロ。ゲネ前に10分間だけ囲み取材とフォトセッションがあり、マスコミ各社が多数来て賑やかだった。國村さんが稽古の時から悪寒がすると言っていて、休憩の時に点滴を打ってゲネに臨まれていた。確かに一ヶ月以上のハードな稽古だったので、体は正直だ。俺は、ゲネで良かったけど、釈放を収監と言ってしまい、受けの蔵之介君に迷惑を掛けてしまった。いよいよ明日は待ちに待った本番初日だ。９８００円以上のエンターテインメントをお客に提供しなくては気が済まない。今日も30分ウォーキングして、22時過ぎに帰宅。夕食はリンゴを一個丸かじりとカフェインレスコーヒー。２時頃に就寝。

12月11日

12時半、日比谷シアタークリエ入りで昨日のゲネプロのダメ出しと少し修正点の稽古をした。その後、御祓いをして休憩後、19時から本番。待ちに待った初日。台詞を二箇所間違ったけど、特に問題は無しで、感動感激の初日公演だった。満員御礼で、カーテンコールはトリプルを頂いた。終演後、楽屋に國村さんが来て手を差し出して下さり握手をした。少し胸が熱くなった。この気持ちを忘れないように演劇をこれからもやっていきたいと思う。國村隼のレッドは最高に良かった！　三浦友和さんを始め、今回も沢山の御花を頂いた。千穐楽まで体調管理を確《しっか》りして臨まなければと思う。今夜は真っ直ぐタクシーで帰宅。

12月12日

11時50分、日比谷シアタークリエ入りで舞台『ショーシャンクの空に』公演二日目。ダメ出しの前に、少し転換の稽古と、映像的なタイミング稽古に付き合った。全体的にテンポも出てきて、俺も色々と演出家の要求に応えられるようになってきた。一回目が終わり楽屋に戻ったらママとポコが居て嬉しかった。ポコは体操教室に行って、銀座で髪を切ってきたらしく、スッキリと可愛くなっていた。二回目までの間に3人で目の前の帝国ホテルで軽く御飯を食べた。俺は野菜カレー、ママとポコはシーフードピラフを食べた。その後別れて、俺は19時から舞台本番。頭が疲れてるのか、台詞が出にくかったり、着替えを忘れそうになったり、危なっかしい舞台だった。22時過ぎに劇場を出て帰宅。今日もタクシーで家に直行した。この舞台の一日二回公演はかなりきつい。

12月13日

今日は劇場入りする前にポコの保育園のクリスマスイベントにママと3人で行った。3人でお好み焼きと豚汁と豆乳プリンを食べた。俺は30分程で出てタクシーに乗り、劇場入りした。ポコが楽しそうだったので後ろ髪を引かれる思いだった。本日は13時からの一回公演で、ＪＴＢカードの貸し切り公演だった。終演後に楽屋で関西テレビ特番「ＤＡＲＥ？」の打合せをして『板尾日記10』の写真撮影を17時半頃まで行った。それから、腰が痛かったので新橋のマッサージ店に飛び込みで入った。でも相性が悪かったみたいで効果はなかった。一旦帰宅して食事をして、23時、渋谷ＮＨＫ入りで「ケータイ大喜利」の生放送。本番前に少し『日記』の残りの撮影をした。1時半頃に帰宅。

12月14日

12時、日比谷シアタークリエ入りで舞台『ロンドン版ショーシャンクの空に』二回公演。一回目にＫＲＣ乗馬クラブの会員さんで、いつも御世話になっている小柴さんが奥様と観劇に来て下さった。おかきの差し入れや、日馬師匠から差し入れの、俺の頭ぐらいの大きな梨を持ってきて下さった。一回目終わりの合間に佐々木蔵之介君からの差し入れで、叙々苑の焼肉弁当が出た。休憩時間の楽屋の廊下は焼肉の匂いで満ちていた。21時頃に舞台は跳ねて、今夜は綺麗な東京タワーを右手に見ながらウォーキングして帰宅。

12月15日

11時に神保町のクリニックに行って、高濃度ビタミン点滴を打ってから劇場に入った。本日は14時からの一回公演で体力的には楽だが、右半身の首から太股にかけて痛く、おまけに頭痛までしてきて、鎮痛剤を飲んだけど治まる事は無かった。終演後、楽屋に、フジテレビの笠井アナウンサーと映画『太平洋の奇跡』で御世話になった平山監督が顔を出して下さった。その後18時にポコを保育園に迎えに行って二人で帰宅してママの夕飯を食べた。風邪の頭痛だと嫌なので、とりあえず風邪薬を飲んで寝よう。

12月16日

朝から冷たい雨で、雪に変わるかもという予報。11時に近所の整体院を予約して、腰やら肩やらをメンテナンスしてもらった。昨日からの頭痛は治まったが、今度は咽が少し痛い。13時、日比谷シアタークリエ入りで舞台『ショーシャンクの空に』本日は二回公演。夜の公演には増本庄一郎、矢部太郎、平尾良樹、佐野泰臣、斉藤レイさん、小林十市君達が観に来てくれた。終演後、皆で食事に行った。やはり仲間との何気無いひとときは心を癒してくれる。沢山笑うからかな？　東京公演は三分の一が終わった。

12月17日

今朝はベビーシッターさんが一時間遅れたので、来るまで一時間程ママの代わりにポコの世話をした。13時、日比谷シアタークリエ入りで舞台『ショーシャンクの空に』の本日は一回公演。昼食後から体が怠くて重くて基本眠くて辛かったけど、なんとか気合いで遣りきった。今日は楽屋に来るお客さんも無かったので、真っ直ぐタクシーに乗って帰宅した。風邪等の病気でなければ良いが、明日起きたらどうなってるかが不安になってきた。とにかく食べて早く寝るしかない。

12月18日

昨晩はなんとか0時頃に寝て、何度か目が覚めたけど10時頃までは眠れて可也元気になった。昼食後に家を出て、劇場まで一度も止まる事なくウォーキングで50分掛けて到着。少し疲れたけど、いいウォーミングアップになった。本日は二回公演で、一回目に篠井英介さんが来て下さり、楽屋に顔を出して下さった。合間にメイクさんに髪を少し切ってもらってから、一人で外へ出て、小腹が減ったのでラーメンを食べた。夜の部に田中麗奈ちゃんと南キャンしずちゃんが来てくれて、終演後に代官山で御飯を食べた。熊谷真実さんも合流して、舞台『きりきり舞い』のメンバーが揃い楽しかった。

12月19日

今日は舞台公演が休演日で、仕事は完全に休みだった。11時頃に起きて代々木にマッサージを90分受けに行って、夜はおばあちゃんにポコを見てもらってママと久しぶりに六本木に和食を食べに行った。偶然隣の席に[redacted]君と[redacted]さん夫婦が家族で居て、少し気を遣わせてた様で申し訳無かった。食事の途中で急に顔が青くなる程の頭痛に襲われて、後半は殆《ほとん》ど口に出来なかった。ママには悪かったけど、早々に店を出てタクシーで帰宅した。多分マッサージの揉み返しだと思う。マッサージ師の人が帰り際に、もしかしたら痛みが出るかもしれませんと言っていた。休みでホッとしたのもあると思うし、昔から休みになると熱が出たり風邪を引いたりする弱い自分の体が嫌いだ。

12月20日

11時、日比谷シアタークリエ入りで舞台『ショーシャンクの空に』本日は二回公演。劇場近くの、前から気になっていた中華料理屋に入って770円のタンメン定食を食べた。

当たりで旨くて、午前中からちょっと幸せ。一回目終わりで15分程『板尾日記10』の残りの写真を劇場の客席に座ってワンカットだけ撮った。その後腹も減ってないし暇なので、ウォーキングを30分した。外に出たら雨だったので仕方無しに地下道を日比谷から銀座の方に歩いた。信号機も無いし適度に階段もあるし、なかなか良い感じだった。二回目終演後、一旦帰宅して御飯を食べて、23時、渋谷NHK入りで「ケータイ大喜利」の生放送。今回で年内の放送は終わった。1時半頃に帰宅。

12月21日

12時、日比谷シアタークリエ入りで舞台『ショーシャンクの空に』本日は13時からの一回公演。昨晩は寝たのが3時を過ぎていたので、今日は少し体と頭が重く、全体的にフワフワした感じの本番だった。連日満員御礼で、有り難く感謝の言葉しかない。リピーターの人も多くいて、楽屋口で声を掛けられる事も多くなった。17時、世田谷砧のTMCレモンスタジオ入りで、関西テレビ正月特番「推理対戦バラエティDARE？」の収録。22時頃に終わって帰宅。今年も残すは舞台の公演のみとなり、そろそろ俺には年末の匂いがして来た。なんとか29日の千穐楽まで体調を崩さぬ様に頑張りたい。

12月22日

13時、日比谷シアタークリエ入りで舞台『ショーシャンクの空に』今日は14時から一回で、身体的には有り難かった。朝から少し咽が痛く、鼻水も出て風邪っぽい感じで、薬を飲んで舞台に出たら頭がボーッとして最初の長台詞で詰まって、少し雰囲気を悪くしてしまい反省。後半も小さいミス連発で、やはり本番前の風邪薬はこれから止めようと思った。夜は家で休息あるのみという感じで、何もしないで過ごした。とにかく睡眠と栄養で、それ以外考えられない。

12月23日

昨晩から熱っぽくて朝計ったら38度に上がっていた。とりあえずロキソニンで熱を下げて、一回目の舞台をやった。38度5分まで上がったけど、なんとか遣り切った。フラフラしたり、ユラユラしたり、他人の体に憑依して芝居をしているようだった。一回目終わりで病院に連れていってもらい、点滴を打ってもらって18時からの舞台に立った。一度下がった熱も本番が進むにつれ上がり、夢の中に居るような非現実的な舞台だった。休めないのは最初から分かっているので、このまま自分に鞭打って最後まで遣り切るしかない。

12月24日

13時、日比谷シアタークリエ入りで舞台『ショーシャンクの空に』一回公演。朝方に熱は一度下がったけど、徐々に上がってきたのでロキソニンを飲んで舞台に立った。大きなミスも無く終えて真っ直ぐ帰宅した。クリスマスイブの我が家の夕食は、すき焼きと乗馬の日馬師匠が送ってくださったクリスマスケーキだった。ポコが寝てから枕元にコキンちゃんのぬいぐるみのプレゼントを置いてやった。

12月25日

13時、日比谷シアタークリエ入りで舞台『ショーシャンクの空に』本日は二回公演。昨晩熱が一時38度まで上がったけど、朝には平熱に戻った。ポコは朝から枕元のプレゼントにテンション高く、元気にお出掛けしていった。一回目の公演終わり、直ぐに舞台上でクリスマスプレゼント抽選会とトークショーがあり参加した。俺からのプレゼントはアロマディフューザーで、一列目の女性に当たった。クリスマスの時期も連日満員御礼で、本当に頭が下がる思いである。今日は解熱剤を飲む必要がなく、楽に二回共舞台に立てた。終演後は真っ直ぐ帰宅して、身体を休める事に専念し、ゆっくり風呂に入った。あと東京は残り5公演となった。

12月26日

13時、日比谷シアタークリエ入りで舞台『ショーシャンクの空に』二回公演。体調はすっかり良くなり、舞台を全うする事が出来た。映画『あさひるばん』の監督である、やまさき十三さんが本日観劇に来てくださり、終演後に小学館の人や、國村隼さん達とパレスホテルで食事をした。夜景の素晴らしい店で和食を堪能した。21時半頃に帰宅。

12月27日

12時、日比谷シアタークリエ入りで舞台『ショーシャンクの空に』二回公演。木下ほうかにチケット二枚と大宮エリーに一枚頼まれたけど、キャンセル待ちで結局観てもらう事は出来なかった。一回目終わりで「ごっつええ感じ」DVDレンタル開始に伴い、取材インタビューと写真撮影を楽屋で行った。その後『板尾日記10』の写真の打合せをした。10年前の日記初刊の表紙と同じ角度の写真を、今回撮った中から選んで表紙写真にした。10年間日記を一日も休まず書いてきた感触は、10年分一日一日に全部あるので、10年早かったな、とは感じない。3650日分の皺が頭の中に心の中に残っている。これはパソコンではなく、毎日ノートに直筆で記した結果というか、ご褒美だと俺は思う。『板尾日記』は10で最後にすると決めてから、特に自分の気持ちの中に新しい感情は無いが、自分の10年の心模様がキレイな本の塊として残せる事が本当に幸せだなと素直に思う。10年付き合ってくださった読者様とリトルモアを始め全スタッフに感謝したい。有り難うございました。終演後に中目黒に行って、大宮エリーと二人忘年会。来年は「木下部長とボク」のドラマまたやりたいね、と二人で話した。

12月28日

12時、日比谷シアタークリエ入りで舞台『ショーシャンクの空に』一回公演。東京公演もあと二回となり、キャストのみんなは噛み締めるように舞台に立っていた感じがした。終演後、風邪もすっかり良くなったので、久しぶりに30分ウォーキングをした。六本木手前まで歩いて、そこから渋谷のリアルマッコイズまでタクシーで行った。平尾良樹に頼まれたA－1のジャンパーを買おうと思ったが、サイズが無く、本人に連絡して断念した。帰宅して食事をしたら久しぶりに歩いた疲れなのか、ぐったりとなってしまい、就寝するまで何も出来ずゴロゴロして過ごした。

12月29日

13時、日比谷シアタークリエ入りで舞台『ショーシャンクの空に』一回公演、東京千穐楽。素晴らしく見事な東京最後の舞台だった。お客さんも良くて、大東京で観る大人のクールな演劇だったと俺は思う。年明けに地方に持って行くのが楽しみになってきた。終演後ロビーで軽く乾杯があり解散した。この大人な感じのさらっとした一時の別れ方も俺は好きだ。本日で今年の仕事納めとなり、今年あった事を少し思い返しながら帰宅した。明日はポコと一緒にいっぱい遊んでやりたいと思う。楽しく幸せな仕事納めの日になって良かった。

12月30日

12時過ぎにベッドから出て、御飯を食べてから近所の公園へポコを連れて遊びに行った。何ヶ月振りだろう？　ポコを公園に連れてきたのは？　6歳のお姉ちゃんと3歳の弟とイラン人の3歳の女の子とポコは上手に砂場でスコップを借りて楽しそうに遊んでいた。帰りは途中迄ポコはイラン人の女の子と仲良く手を繋いで歩いて意気投合していた。18時から新宿で板尾組の毎年の忘年会。気心が知れた仲間なので、毎年本当に楽しい会だ。役者に芸人に大手映画会社の人、少年誌の編集長や脚本家に演出家等多岐に渡る顔触れで、年齢もバラバラだけど、毎年夏と冬に集まる。今年も皆が元気そうで良かった。3時前ぐらいに解散して帰宅。今年唯一の忘年会が終わり、やっと年末感が出てきた。

12月31日

昼過ぎに起きて、俺はポコの面倒を見て、ママは大掃除と御節料理を作った。ポコを三輪車に乗せてやって近所を散歩した。4時から近所の蕎麦屋を予約して、3人で年越し蕎麦を食べた。夕食はママが牛しゃぶを作ってくれて皆で食べ、紅白のテレビを聞きながら、ママは料理して俺はポコと遊んだ。ポコは俺に抱っこされたまま年が明ける前に眠りに落ちた。忙しくて充実し過ぎた一年だった。禁煙もピッタリと一年経って、今は嫌煙側の人間に立場が変わったし、日記も今日で終わりにすると決めたが、明日から書かない事でイライラしたらどうしようと少し止める自信が無い自分もいる。『板尾日記11』が存在したらと思うと今は気持ち悪さが確かに芽生えている……。

人の日記を読んだりするのは最低やと思います。

定価（本体1,500円＋税）

板尾日記　二〇〇五年

写真：若木信吾

ISBN 4-89815-177-9

板尾日記2　二〇〇六年

写真：大森克己

ISBN 978-4-89815-206-5

板尾日記3　二〇〇七年

写真：梅佳代

ISBN 978-4-89815-232-4

板尾日記4　二〇〇八年

写真：三島タカユキ
ISBN 978-4-89815-261-4

板尾日記5　二〇〇九年

写真：平野太呂
ISBN 978-4-89815-284-3

板尾日記6　二〇一〇年

写真：加瀬健太郎
ISBN978-4-89815-304-8

板尾日記7　二〇一一年

中頁写真：稲岡亜里子
ISBN978-4-89815-329-1

板尾日記8　二〇一二年

写真：小浪次郎
ISBN978-4-89815-356-7

板尾日記9　二〇一三年

写真：酒井若菜
ISBN978-4-89815-382-6

板尾創路（いたお　いつじ）

1963年大阪府生まれ。86年お笑いコンビ130Rを結成。芸人としてバラエティー番組などに出演する一方、映画やドラマ、舞台に多数出演し、俳優としても活躍。主な映画出演作は、『ナイン・ソウルズ』（03）、『大日本人』（07）、『さや侍』（11）、『電人ザボーガー』（11）、『I'M FLASH !』（12）、『あさひるばん』（13）など。また、監督作品として『板尾創路の脱獄王』（09）、『月光ノ仮面』（12）があり、各方面から高い評価を受けた。2014年から2015年にかけて舞台『ロンドン版ショーシャンクの空に』に出演、刑務所長グレゴリー・スタマス役を好演した。

板尾日記10

2015年3月3日 初版第1刷発行

著者：板尾創路

装幀：小野英作
写真：長野陽一

編集：松本祥子
発行者：孫 家邦
発行所：株式会社リトルモア
〒151-0051　東京都渋谷区千駄ヶ谷3-56-6
TEL：03-3401-1042　FAX：03-3401-1052
info@littlemore.co.jp　http://www.littlemore.co.jp

印刷・製本：図書印刷株式会社

Printed in Japan
ISBN: 978-4-89815-397-0 C0097